침묵의
시대에
글을
쓴다는 것

옮긴이 김원희

서울대학교 국어국문학과 졸업. 오래도록 책 속의 낯선 미로를 따라 걸으며, 또 다른 미로 속 주민들과의 만남을 고대하고 있다.

침묵의 시대에 글을 쓴다는 것

박람강기
프로젝트
0 1 1

사라 파레츠키 지음
김원희 옮김

북스피어

톰 필립스에게

비록 많은 것을 잃었으나 그대로 남은 것 역시 많다
지난날 천지를 뒤흔들던 힘은 사라졌다 하여도
우리는 역시 우리요
한결같은 영웅의 기개를 타고났으니
시간과 운명 탓에 약해졌다 하여도 의지만은 굳건하여
분투하고, 갈구하고, 쟁취하고, 결코 굴복하지 않으리라.

앨프리드 테니슨, 〈율리시스〉

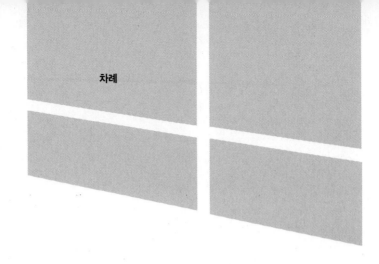

차례

서문

서문

엘리자베스 머리의 『언어의 거미줄에 걸리다』는 내가 가장 좋아하는 책 중 하나다. 이 책에서 작가는 옥스퍼드 영어 사전을 펴낸 자신의 할아버지, 제임스 A. H. 머리를 애정 어리게 회고한다. 나 역시 이 제목을 슬쩍 훔쳐다가 내 인생의 회고록 제목으로 삼고 싶다. 세 살 때 피가 나는 발가락을 우쭐대며 드러내고 다니던 장면—당시에는 그게 나도 이제 다 큰 아이라는 증거 같았다—이나, 퍽이나 애지중지하던 나의 첫 빨간 신발을 정원용 호스로 흠뻑 적시는 바람에 어머니를 열 받게 만들었던 장면과 함께, 책과 글, 새 책이 풍기는 냄새, 아직도 내게 학교 첫날의 설렘을 불러일으키는 그 냄새는 나의 가장 어릴 적 기억을 채우고 있다.

오빠 제러미는 학교에 입학하고 나서 내게도 글 읽는 법을 가르쳐 주었다. 그때 난 네 살 무렵이었는데, 어떻게 배웠는지는 잘 기억나지 않는다. 글을 읽지 못하던 시절은 기억이 안 난다. 오빠는 내 첫 선생님이자 늘 최고의 선생님이었고, (오빠한테 분수를 배우다가 내가 영 못 알아듣는 날이 닥쳤을 때까지는) 믿을 수 없을 만큼 참을성 많은 선생님이었다. 오빠는 내게 글 쓰는 법도 가르쳐 주었다. 내가 다섯 살, 오빠가 여덟 살이던 때, 우리는 동네 아이들 앞에서 공연할 극본을 썼다.

나는 유년기와 청소년기 내내 단편 소설을 꾸준히 썼다. 이따금씩은 시를 썼고. 왠지 몰라도 희곡은 그 뒤로 한 편도 쓰지 않았다.

오빠와 나는 십 대 시절 서로에게 큰 소리로 글을 읽어 주었다. 어느 해 여름 우리는 쇼조지 버나드 쇼(1856~1950). 아일랜드 출신의 극작가이자 소설가, 비평가. 1925년 노벨 문학상을 수상했다의 희곡들을 싹 훑었다. 또 다른 해엔 길버트와 설리번윌리엄 길버트와 아서 설리번은 영국 빅토리아 시대에 유명 오페레타들을 공동 작곡했다의 모든 노래를 서로에게 불러 주었다.

일곱 식구들이 밥을 먹고 난 뒤 오빠와 내가 설거지를 몽땅 떠맡는 날이면, 우리 둘은 그릇을 부시며 낱말 놀이를 하거나 듀엣으로 노래했다. 오빠가 나보다 더 똑똑하고 어휘력도 늘 풍부했기에, 나는 그 격차를 메우기 위해 낱말을 지어내기 시작했다. 오빠는 내게 딴지를 걸어야 할지 말아야 할지 도통 확신하지 못했는데, 만약 그 단어가 웹스터 사전에 있다면 내가 이기고, 그렇지 않다면 오빠가 이기는 게 규칙이었다. 불확실성을 만들어 내는 게 나의 유일한 무기였고, 아마도 그 덕에 내 창조력이 날카롭게 벼려졌으리라.

내 오빠는 탁월한 어학 능력을 타고난 사람이다(회화는 11개 국어, 독해는 15개 국어가 가능하다). 어느 해 설거지 시간에는 프랑스어 강습까지 해 주었다. 나는 설거지하는 시간을 손꼽아 기다리곤 했다. 오빠가 대학에 입학해 집을 떠난 뒤, 설거지는 그저 따분한 허드렛일이 되어 버렸다. 그래서 지금까지도 설거지라면 딱 질색이다.

나는 오빠와 함께 책을 읽는 한편, 남동생 댄과는 연극을 하고 놀았다. 때로 우리는 군인이었던 삼촌 셋을 따라 하며 한국 전쟁이나 2차 세계 대전을 연출했다. 또 어떤 날은 런던 경찰국 형사가 되었다. 가장 늦게 태어난 동생들인 조녀선과 니컬러스는 나보다 한참 어렸기 때문에 같이 어울려 노는 일이 드물었지만, 우리가 함께 보내는 시간은 아주 중요했다. 손쓰기 어려울 지경으로 인생이 꼬여 버린 우리 어머니가 자기만의 진창에 깊이 침잠한 이래로, 사실상 내가 동생들의 엄마 노릇을 대신했던 까닭이다(학교에 입학했을 때쯤 동생들은 내가 누나인 줄도 몰랐다. 그 아이들은 자기네한테 엄마가 둘이라고만 생각했다).

그전까지 우리 어머니는 재주 넘치는 이야기꾼이어서, 다림질을 하는 동안 어린 아들 둘에게 들려줄 일련의 장대한 이야기를 두 편이나 지어냈다. 어머니는 어렸을 적 푹 빠졌던 톰 믹스1900년대 초반에 활동한 미국 영화배우(1880~1940). 초창기 서부 영화로 명성을 떨쳤다의 영화들에다 내 남동생들을 주인공으로 세워 새로운 버전의 활극을 엮어 냈다. 이따금 나는 그 이야기에 푹 빠져들어 엿듣곤 했다.

어찌 보면 내가 작가가 된 게 그리 놀랄 일도 아닌 듯하지만, 실제로는 참 지난한 여정을 거쳐야 했다. 이 회고록은 내가 침묵에서 벗어나 발언에 이르기까지 걸어온 기나긴 길을, 그리고 그 과정에서 목격한 바가 어떻게 나의 말을 빚어냈는지를 되짚는다. 이 책은 내 인생의 주된 문제, 목소리를 내려는 노력, 소외된 이들의 목소리를 이끌어 내려는 노력, 권력과 그 부재에 대한 문제를 이해하고 수용하려는 노력 등을 다룬다. 남편은 나보고 투견이라고 한다. 나보다 몸집이 다섯 배쯤 크더라도 상대가 누구든 한판 붙으러 링에 오를 거라고 말이다. 나는 곧 예순 살이 되지만, 골리앗과 맞서는 대신 피해 가야 할 때가 언제일는지는 아직도 모르겠다.

내겐 오빠 한 명과 남동생 세 명이 있다.[1] 우리는 여러모로 풍요로웠던 어린 시절을 함께 보냈지만, 심각한 가정 폭력에 상처를 입기도 했다. 폭력적인 가정이 으레 그렇듯 우리는 많은 내상을 입었다. 그러느라 우리 대부분은 더 큰 세상으로 손을 뻗어 관계를 맺기가 어려웠다. 내 형제들은 모두 다재다능하고 흥미로운 사람들이지만, 내가 이들의 이야기를 대신 전하는 건 부적절한 일이 되리라. 따라서 형제들이 전면에 등장하는 일화는 될 수 있는 한 풀어내지 않도록 유의했다.

나는 아이오와주 에임스에서 태어났다. 아버지는 그 고장에서 세균학 박사 과정을 마무리하고 있었다. 아버지는 원래 뉴요커였고 뉴욕 시립 대학 출신이었다. 하지만 30년대와 40년대 한동안은, 히틀러가 지배하는 유럽을 떠난 유대인 난민들이 터를 잡

---

1 궁금해하는 독자들을 위해 덧붙이자면, 제러미 오빠는 도미니크회 사제가 되었다. 오빠는 수년간 로마에서 교육자 생활을 했는데, 지금은 뉴욕에서 활동하고 있다. 나보다 두 살 어린 대니얼은 북부 위스콘신에서 수의사로 일한다. 아홉 살 어린 조너선은 캔자스주의 변호사이자 마술사, 천문학자이다. 조너선은 한때 흑인 노예 탈출 운동을 위한 은신처였던 우리 집 지하실 방에서 막내 니컬러스와 함께 탁구를 치곤 했다. 최근에 니컬러스는 사회학 박사 과정을 마치며 다국적 기업이 정부 경제 정책에 미치는 영향에 관해 명민하고 훌륭한 논문을 발표했다.

으면서 아이오와 주립 대학이 가장 뛰어난 20세기 생화학자들의 산실로 부상했다. 그래서 뉴욕 시립 대학에서는 이 우수한 과학자들과 함께 공부할 수 있도록 아버지를 아이오와로 보냈다. 어머니도 대학원 과정을 밟으려고 아이오와로 왔고, 거기서 학생 신분으로 아버지와 만났다.

아버지는 결혼 직후 징집되었다. 그리고 제2차 세계 대전 동안 태평양 전역에서 복무했다. 어머니는 잠시 뉴욕에서 아버지의 가족과 함께 살며 일을 하다가, 남은 전쟁 기간 동안은 갓난아이 제러미를 데리고 일리노이주 남부로 가서 자기 어머니와 함께 지냈다. 1951년에 아버지는 캔자스 대학 세균학과에 자리를 잡았다. 어머니는 과학 분야 석사 과정을 끝마치지 못했고, 말년에 캔자스주 로렌스에서 어린이 도서관 사서가 될 때까지는 집 밖에서 일을 하지도 않았다.[2]

해리엇 마티노영국의 저술가이자 사상가(1802~1876). 최초의 여성 사회학자로 일컬어진다는 어느 남부 정치인을 두고 "그는 늙은 채로 태어났다"

2 어머니는 책에 열정을 쏟았고, 어린이들이 읽고 쓸 줄 알도록 돕는 데에도 헌신했다. 그 노고를 기리기 위해 도서관에서는 어린이 열람실에 어머니의 이름을 붙였다. 어머니의 장례식 날, 동료들 모두가 작별 인사를 하러 와야 했기에 도서관은 문을 닫을 수밖에 없었다.

라고 썼다. 내 어린 시절을 돌이켜 보면 종종 같은 느낌을 받는다[3]. 이 책의 첫 장 「통제 불능의 거친 여자들」에서는 내 삶의 그러한 부분을 논한다.[4]

　부모님이 나더러 기왕 대학에 갈 거라면 꼭 캔자스 대학에 다녀야 한다고 못 박자, 나는 여름에라도 집에서 떨어져 지내리라고 남몰래 맹세했다. 첫해에는 장학금을 받고 비엔나로 가서 독일어를 공부했다. 두 번째 해인 1966년에는 사우스시카고에서 지역 사회 봉사 활동을 했다.

　시카고에서 보낸 여름은 거의 모든 면에서 내 인생을 바꾸어 놓은 중요한 계기가 됐다. 그 시절 나는 훗날 작가가 되리라고는 상상도 못했고, 다만 함께 일했던 사람들, 그리고 내가 했던 일을 통해 주변 세상을 어떻게 바라볼 것인가 그 방향을 잡을 수 있었다. 그때는 격동기였지만, 사회 정의를 열망하던 이들 사이

3　마티노는 남부의 대표적인 노예제 옹호론자였던 사우스캐롤라이나 상원 의원 존 C. 캘훈에 대해 기술하던 것이다. 그가 다루던 사안 말고, 내 삶의 이미지에 이 말이 적용될 수 있겠다는 뜻이다. 캘훈은 북부가 노예제로 거둬들인 경제적 이익을 딱 꼬집어 지적했고, 이로 인해 북부에서는 노예제를 타파하려는 노력이 시들해졌다.

4　「통제 불능의 거친 여자들」 일부는 『가족의 초상Family Portraits』(더블데이 앤드 콜, 1985)에 실렸다.

에 커다란 희망이 차오르던 시기이기도 했다. 마틴 루터 킹 주니어는 1966년 여름 시카고에서 세력을 조직하고 있었고, 나는 그의 위업 언저리에나마 자리했다. 그 시대의 경험이 내 소설에 어떤 식으로 중요한 영향을 미쳤는지가 2장 「킹과 나」의 주제다.

나의 아버지는 매력적이지만 성마르고 변덕스러운 사람이었는데, 걸핏하면 분노에 사로잡혔다. 우리로선 무엇이 분노를 불러일으킬지 전혀 알 수가 없으니 더더욱 얼떨떨한 노릇이었다. 내 인생 초반 스무 해 동안 아버지는 내 존재의 거의 모든 면을 좌지우지했다. 마침내 내가 대학에 들어가자, 아버지는 심지어 어떤 강의를 들을지까지도 결정해 주었다. 오랜 시간에 걸쳐 다양한 종류—훗날 남편이 된 사람에게서, 심리 치료를 통해서, 하지만 무엇보다도, 70년대 여성 운동으로부터의 지지를 받고서야 비로소 나는 독립적인 목소리를 얻었다. 3장에서는 내 인생에서 제2세대 페미니즘이 차지하는 중요성에 대해 설명한다. 사설탐정 소설을 쓰고 싶다는 소망을 불러일으킨 게 바로 페미니즘이었고, 그로부터 나의 탐정, V. I. 워쇼스키라는 캐릭터가 빚어졌다.[5]

5 흔히 1세대 페미니즘은 1848년 세니커폴스 집회에서 시작되었다고 여겨진

미국에서는 독특하게도 사설탐정을 내세워 범죄 소설 장르를 더 풍성하게 발전시켰다. 이는 옛날 서부의 외톨이 영웅 서사에 매료되는 우리 정서에서 비롯한다. 4장 「아이팟과 샘 스페이드」에서는 미국적 신화가 어떤 양상으로 종종 공동체를 희생시켜 가며 한 개인을 미화하는지 논한다. 아울러 개인과 사회에 대한 내 나름의 이해가 이 신화를 어떻게 뒤엎는가도 탐구한다.

50년대에 내가 자라난 고장은 공산주의의 위협에 사로잡혀 있었다. 자유 위원회나 존 버치 협회1950년대 설립된 미국의 극우 반공 단체, 그 밖에도 여러 우익 단체가 학교 교과 과정부터 도서관 책까지 모든 것을 검열했다. 그들은 곁가지로 흑인이 공공시설을 이용하는지 여부를 감시하는 일도 했다. 또한 러시아 역사학 박사 과정을 밟는다는 이유로 어느 고등학교 교사에게 사직을 강요하기도 했다. 그 정도면 그들 눈에는 공산주의자라는 증거가

다. 이때 여성들은 참정권을 요구하고 법적, 경제적 예속에 종지부를 찍기 위해 첫 공식 모임을 열었다. 이는 1920년 여성의 참정권을 인정하는 미국 헌법의 19차 개정으로 귀결되었다. 2세대 페미니즘은 그렇게 분명히 정의할 수 있는 시작점이 없다. 노예 제도 폐지에 여성이 참여하면서 1세대 페미니즘이 성장한 것처럼, 2세대 역시 시민권 운동에 여성이 참여하며 성장해 나갔다.

충분했으니.

내가 초등학교에 다니던 시절 매카시 청문회가 열렸는데, 이후로 주변 어른들은 정치적인 의견을 말할 때 무척 조심하고, 또 누구한테 그런 말을 할지도 신중히 따져 보게 되었다. 부모님에게는 블랙리스트에 오른 친구들이 있었다. 아버지 친척이 좌파라는 이유로 군인인 어머니의 형제들이 진급을 못할 수도 있었다.

모든 미국인이 그렇듯 나 역시 이민자의 후손이다. 내 선조 중 일부는 모험 삼아서, 혹은 더 나은 삶을 살기 위해서 이곳에 왔지만, 친가와 외가를 통틀어 대부분은 종교적인 박해를 피해 여기로 왔다. 나의 친조부모에게 미국이란 사느냐 죽느냐의 경계를 가르는 의미였다.

나는 국가가 어떠해야 하며 어떻게 될 수 있는지에 대해 아주 이상화된 비전을 품고 성장했다. 말하자면 자유의 여신상이 우뚝 선 미국을 믿으며 자라났다. 횃불을 든 여신은 세상을 향해 말했다. "내게 보내라, 지치고 굶주리고 가난한 이들을/비옥한 땅에서 비참하게 떠밀린 이들을/내게 보내라, 세파에 시달려 기진맥진한 이들을/내가 황금빛 문 곁에서 등불을 들어 올리리라 자유의 여신상 받침대에 새겨진 미국 시인 에마 라자러스의 시 〈새로운 거상〉 일부."

9/11 이후 채 몇 주가 지나지 않아 의회가 미국 애국법을 통

과시켰을 때, 내겐 그 법률의 이름 자체가 전체주의적으로 보였다. 스탈린이나 히틀러 혹은 프랑코나 택할 법한, 사람들에게 한쪽 편을 선택하도록 몰아붙이려는 종류의 표제 말이다. 부시 대통령은 전 세계를 향해 "우리 편에 서지 않는다면 우리와 대적하는 셈이다"라는 유명한 말을 남겼으나, 국내에도 똑같은 메시지를 전달하는 셈이었다. "당신은 애국자이거나 테러리스트이다." 애국법은 바로 그 표제 자체로 핏대를 세운다. 실제로, 공화당이 의회를 장악하지 못했던 2006년 그 유명한 선거를 앞둔 유세 기간에, 부시 대통령은 전국을 순회하며 민주당에 투표하는 것은 곧 "테러리스트가 승리하고 미국이 패배"하는 셈이라고 단언했다.[6]

하룻밤 사이에 의회와 대통령은 불합리한 압수 수색을 받지 않을 권리를 포함해, 우리가 가장 소중히 여기는 자유권을 약화시키는 법을 만들어 냈다. 애국법이 통과된 이후 5년 동안, 우리 국민은 이 법률이 테러리즘을 저지하는 데에 활용되었다고 확신할 만한 사례를 접하지 못했다. 이 법은 다만 국내에서 시민의 자유를 위축시키는 데에 광범위하게 이용되어 왔을 뿐이다.

6 2006년 10월 31일자 《워싱턴 포스트》에서 주로 인용.

2002년부터 나는 주립 도서관 협회에서 발언과 침묵이라는 주제로 이야기해 왔다. 도서관은 그 법률 가운데서도 제일 유해한 몇몇 부분의 최전선에 있었기 때문이다. 2004년 5월, 전미 도서관 협회의 간행물 중 하나인 《북리스트》에서 내 강연 일부를 에세이 형태로 출간했다. 「진실, 거짓말 그리고 초강력 접착테이프」라는 제목은 정부가 생물학전을 두려워하는 국민에게 해 준 재기 발랄한 조언에서 뽑아낸 것이다. 정부에선 강력한 덕트 테이프로 집을 밀폐하라고 당부했는데, 그 덕에 테이프 수요가 폭증했으며, 이는 어쨌든 제조업체의 주가를 치솟게 하는 이득을 낳았다. 이 책의 5장은 해당 에세이를 상당 부분 다시 쓰고 새로운 내용을 추가한 결과물이다. 중간 부분의 「킹과 나」, 「천사도 괴물도 아니요, 그저 사람」, 「아이팟과 샘 스페이드」, 이 세 장은 출판된 적이 없는 원고이다. 해마다 나는 여섯 번에서 열번 정도 대중 앞에서 강연한다. 이 책의 다섯 장 모두 토막토막 내 강연 일부에 활용되어 왔다. 강연 참석자들이 종종 문서로 정리된 강의록을 요청하곤 했는데, 논의를 확장하고, 고쳐 쓰고, 새로이 덧붙여서 이렇게 내 놓는다.

이 짧은 회고록은 발언과 침묵이라는 문제에 초점을 맞추기 때문에, 내게 몹시 중요한 수많은 사람이나 사건에 대해서는 적절히 풀어낼 방도를 찾지 못했다. 특히 내 남편 코트니 라이트는 그이에 대한 책 한 권이 묶여 나올 자격이 충분한 사람이다(정말이지, 코트니는 내가 그의 전기를 쓰려고 들까 봐 노심초사할 정도다). 코트니는 재치 넘치는 사람이고, 총명한 입자 물리학자이며, 영국 해군의 레이더 장교 출신이다(아이젠하워 장군은 하루 늦춘 디데이에 노르망디 상륙 작전을 펼치며 내 남편의 군함 아폴로호를 본부로 사용했다. 군함이 좌초할 당시 남편은 함교 승무원이었다. 그 자리에 있는 사람 중 가장 하급자로서, 코트니는 현명하게—그리고 그답지 않게—입을 다물고 있었는데, 배가 한쪽으로 기우뚱하는 순간 장군의 깜짝 놀란 얼굴을 바로 코앞에서 맞닥뜨렸다). 무엇보다도, 내 남편은 진실한 사람이다. 지금껏 그에 필적할 만한 사람은 본 적이 없다.

1장

통제 불능의 거친 여자들,
혹은 어떻게 나는
작가가 되었는가

통제 불능의 거친 여자들,
혹은 어떻게 나는 작가가 되었는가

　네 살배기 꼬마 여자애는 제 또래 아이들처럼 비단결같이 곧은 머리카락을 늘어뜨리는 대신, 심히 꼬불꼬불한 곱슬머리를 한 덩어리로 묶고 있다. 어머니는 아이의 머리카락을 좀 정돈해 보려고, 핀으로 고정하고 매끄럽게 펴 보려고 헛되이 애를 쓴다. 하지만 실핀들이 빠지자, 어머니가 바라던 대로 반들반들한 물결 모양이 되기는커녕 아이의 곱슬머리는 이제 머리통 위로 정신 사납게 마구 곤두서고 만다.

　"이 마녀! 너는 마녀야!" 아이의 오빠가 손가락질하며 배꼽 잡고 웃으면서 꼬마 애 주위를 빙빙 돌며 춤을 춘다.

　조그만 여자애가 얼굴을 잔뜩 찌푸린다. "**나는** 마녀야." 아이가 서슬 퍼렇게 말한다. "마녀는 모든 걸 다 알지."

문득 웃음기가 한풀 꺾인 오빠는 어머니를 부르며 부엌으로 달려간다. "사라가 그러는데 자기가 마녀고 마녀들은 모든 걸 다 안대요. 쟤가 진짜로 전부 다 아는 건 아니겠죠?"

남매의 어머니는 아들을 달래며 당연히 그렇지 않다고 얘기해 준다. 그저 동생이 지어내는 말일 뿐이지 정말로 모든 걸 아는 건 아니라고 말이다. 그게 내가 지어낸 첫 번째 이야기였다.

머지않아 어머니는 제멋대로 뻗치는 곱슬머리와 머리 감길 때마다 우는 데에 진절머리가 나서 내 머리카락을 바싹 깎았다. 내가 머리를 기르려고 했더라면, 저녁 식탁에서 아버지는 양치기 개처럼 보이니 머리 좀 깎으라며 놀렸을 것이다. 나는 여러 해 동안 오빠나 동생들과 같이, 꼭 다섯 번째 아들처럼 머리를 짧게 깎고 지냈다.

혼자 상상한 이야기 속에서 내 머리카락은 곧고 길고 윤기가 자르르 흘렀다. 묵직한 커튼처럼 무릎까지 내려오는 셰어미국의 가수 겸 배우의 헤어스타일이 유행했던 60년대에는 나도 스트레이트파마를 하느라고 고통스러운 시간을 보냈는데, 머리칼이 불붙은 덤불처럼 확 타 버렸을 뿐이다. 이제 나는 월경을 끝맺었고 예로부터 여자들이 마녀가 되는 시기를 맞이했기에, 내 머리카락은 활력을 잃어 가늘고 흐느적거린다. 후광처럼 제멋대로 뻗던 머리카락을 다시금 되찾을 수 있다면 좋겠다. 아마도 늘 불가능한 것을 갈구하며 만족을 얻을 수 없는 게 인생의 본질이리라.

더 넓은 지역 사회에서 자란 유대인 친구들은 '매트리스 머리'라고 놀림 받았다고 이야기한다. 처음 이 얘기를 들었을 때는 회색과 흰색 줄무늬 베갯잇으로 감싸인 머리를 떠올렸다. 그게 유대인과 흑인에게 던져지는 모욕이라고는 생각지 못했다. 우리들 머리카락이 매트리스 충전재처럼 빳빳하다는 뜻으로 말이다. 내가 살던 좁은 동네에서는 아무도 날 그런 식으로 부르지 않았다. 나의 증오심은 주로 부모의 비난이나 더 넓은 세상으로부터의 고립 때문에 내적으로 촉발되었다. 나는 어떻게 행동하고, 옷을 입고, 기쁨을 느낄지를 아는 사람들의 세계와 나 사이가 유리벽으로 딱 가로막혀 있다고 느끼면서 성년이 되었다. 그리고 지금까지도 종종 멍하고 혼란스러운 느낌이 든다. 나는 이게 고립된 가정 환경 탓이려니 여기려 노력한다. 하지만 마음속 깊은 데선, 스스로가 괴물이 아니라고, **기형적인 변종**이 아니라고 믿기가 어렵다.

부모님은 둘 다 지독히도 애정에 굶주려 서로를 보듬을 수 없었기에 자기네 외딸인 내게 집안을 떠받치는 역할을 맡겼다. 어머니는 놓쳐 버리거나 거부당한 기회들을 두고 비통해했고, 다른 여자들이 실패하는 걸 지켜보며 잔혹한 기쁨을 맛보았다. 그와 같은 타인의 실패는 어머니가 겁을 내거나 세상사에서 물러나서가 아니라 체제 때문에 좌절한 것임을 증명해 주었다. 어머니는 1941년 의대에 들어갔다. 여학생이 입학할 기회가 흔치 않던 시절이었다. 그런데 어머니는 수업에 출석해야 하는 날 고향에서 일리노이 대학으로 가는 버스를 타지 않기로 결정했다. 왜 그랬는지는 도저히 설명하지 못했다. 꼼짝없이 버스에만 갇혀 있기보다는 더 많은 걸 학교에 기대했노라고 횡설수설했을 뿐이다. 내가 학교에서 뭐가 됐든 좋은 성적을 받아 들고 집에 오면, 비통해진 어머니는 거의 노발대발했다. 나는 성과를 나 혼자만의 비밀로 간직하는 법을 금세 터득했다.

아버지는 여성 참정권을 인정한 1920년의 수정 헌법 제19조를 철회하자는 배지는 우스꽝스럽게 여기면서도, 여성들과 그 섹슈얼리티에 대해서는 두려움을 느꼈다. 그런 아버지는 정말이지 내게 소소한 마녀의 능력들을 덧씌워 주었다. 예를 들면 나는 신호등을 바꿀 수 있었고, 고르곤과 같은 눈빛으로 사람을 옴짝달싹 못 하게 만들 수 있었다. 그러나 남들과 동등한 한 사람이 되기 위해서는 아무것도 할 수 없었다.

사르트르나 벨로 같은 남성 작가들은 문학이 자기 운명임을 일찍이 깨달았다고 썼다. 벨로는 자신이 "실행하고 해석하는 존재로 태어났다"는 것을, 사르트르는 자신이 글쓰기를 위해서 태어났다는 것을 알고 있었다.

나는 스스로를 작가라고 부르지만, 그리 큰 확신은 없이 그렇게 말한다. 사르트르나 벨로는 과연 어디서 이런 느낌을 받았을까? 그들과 마찬가지로 나도 어릴 적부터 글을 썼지만, 모든 분야가 그렇듯이 문학 역시 남자들의 전유물임을 알고 있었다. 우리가 학교에서 배운 역사와 위인전은 남자들의 업적을 이야기해 주었다. 우리는 인류mankind의 염원에 대해, 그리고 '인간man이 인간에게 가하는 비인간적 행위'에 대해 말하는 법을 배웠다. 남성이 여성에게 가하는 비인간적 행위는 기록할 가치도 없는 것이다.

우리가 공부한 문학은 전부 남성 작가의 작품이었다. 벨로와 사르트르도 나와 마찬가지였다면, 아마 여자들 또한 진지하게 글을 쓴다는 사실을 아예 몰랐을지도 모른다. 인간 삶에 심리가 지대한 영향을 미친다고 여긴 최초의 소설가가 여성이라는 사실도. 사르트르는 플로베르, 코르넬리우스, 호머, 셰익스피어와 함께 소년 시절을 보냈다고 주장한다. 벨로는 앤더슨, 드라이저, 에드거 리 매스터스, 베이철 린지에 의지했다고 한다(나는 그런 거창한 기록들을 보면 늘 고개를 갸웃거린다. 아침으로 계란 프라이와 베이컨을 먹어 놓고 아침 방송에 나와서는 요거

트와 그래놀라를 먹었다고 말하는 정치인들처럼, 벨로도 사실은 톰 스위프트1910년 처음 출간된 미국 청소년용 SF 및 모험 소설 시리즈의 주인공 소년 이야기에 푹 빠져들었던 건 아닐까?).

사르트르는 자기 할머니가 읽던 책들이 여성스러운 종류였다고 말한다. 그리고 할아버지는 그런 책이 열등하다고 여기게끔 가르쳤다고 한다. 공교롭게도 나 역시 똑같은 가르침을 받았다. 우리 학교에서는 여성 작가가 쓴 소설을 딱 한 권만 공부했는데, 작가의 이름이 조지조지 엘리엇(1819~1880). 영국의 작가이며 대표작으로 《미들마치》를 남겼다. 본명은 메리 앤 에번스지만, 상투적인 로맨스 소설을 쓰는 당대 여성 작가들과 자신을 차별화하기 위해 필명으로 남성 이름을 사용했다였던 것이다.

사르트르의 어머니가 아들이 쓴 글을 엮은 다음 이웃들에게 억지로 읽히면서("보세요, 우리 장 폴은 작가라니까요!") 아이의 천진한 야망을 북돋아 준 반면, 내 어린 시절 꿈들은 전부 현재로 향했으며 구체적으로 말해 현실 도피로 기울었다. 도피가 불가능하다는 사실을 깨우칠 때까지 그랬다. 오빠와 나는 바다 위에 떠 있거나 아름다운 섬에 정박한 배의 사진을 들여다보곤 했다. 우리는 그런 낯설고 경이로운 곳에 가고 싶었다. 그래서 그곳으로 순간 이동하기를 간절히 빌면서, 손을 잡고 사진을 향해 달려들곤 했다. 또 우리 집 앞에 박힌 말뚝—손님들이 타고 온 말을 집 앞에 묶어 놓던 시절의 잔재—두 개 위로 기어오르는 일도 잦았다. 우리는 말뚝 위에서 세 바퀴를 돌고 나서 마법의 세계로 뛰어 내렸다. 그곳에서 용과 싸우다 보면 엘프들이 우릴 구하러 왔다.

내 침실 벽은 장미 무늬 벽지로 도배되어 있었는데, 그 장미들 너머로는 가공의 복도가 뻗어 있었다. 기다란 복도 위 창문들로는 언제나 한결같이 햇살이 비쳐들었다. 나는 이부자리에 들어간 다음 이 복도로 도망쳐서 완전히 비밀스러운 삶을 살곤 했다.

소녀들의 생활과 모성애, 여성 간의 우정을 그린 『작은 아씨들』은 내 어린 시절을 이야기할 때 빼놓을 수 없는 책이다. 나는 여덟 살 때 『작은 아씨들』을 처음 읽고 나서 홍역을 치르느라 3주 동안 학교에 결석했다. 난 베스 때문에 펑펑 울었고, 조의 성깔이 걱정됐으며, 양철 책상과 애완 쥐가 있는 조의 다락방을 부러워했다. 잘난 체하는 에이미한테는 정이 뚝 떨어졌고, 마미마치 같은 어머니만이 아니라 마치네 집에 깃든 합리적인 평온함을 간절히 소망했다.

그 뒤로 10년 동안 『작은 아씨들』을 수십 번이나 다시 읽었다. 그 책은 여러 가지 이유로 날 끌어당겼다. 버니언의 『천로 역정』을 따르려는 진심 어린 노력에도 불구하고, 마치 가 자매들은 성인군자가 아니다. 각자는 심각한 흠과 씨름한다. 조의 성질머리, 메그의 허영심, 에이미의 탐욕, 베스의 두려움. 자매들은 서로를 사랑하고 지지하지만, 자매지간에서만 벌어지는 다툼도 겪는다. 사실, 때때로 싸우면서 그들은 더욱 돈독해진다. 조가 쓴 원고를 에이미가 태우는 대목에서 둘의 다툼은 위태로울 정도로 격해졌다. 그 책은 조가 몇 년이나 들여 세심하게 고쳐 쓴, 세상에 단 한 권뿐인 책이었다. 조는 그 보복으로, 강물에 얼음이 얇게 얼었다는 걸 알면서도 거기서 에이미가 스케이트를 타다 죽을 뻔하게 내버려 둔다. 마미가 에이미에게 응분의 뉘우침을 표하도록 타일렀다고는 한 번도 생각해 본 적이 없다. 조는 여동생의 사고를 두고 지나치게 무거운 통한을 떠안아야 했는데 말이다. 그럼에도 에이미는 살아남았고, 조의 원고는 영영 사라져 버렸다.

돌이켜 보니, 내가 마치 자매들에게 끌렸던 이유 중 하나는 바로 자매애였다는 생각이 든다. 그들은 자매애 덕분에 싸우고, 화해하고, 서로의 고민을 나눌 수 있었다. 내 삶에는 이와 같은 친밀함이 빠져 있었다. 내겐 형제가 넷 있었지만 자매는 없었다. (어머니 역시 마미가 아니라, 돈 마르키스의 메히타벨미국 작가 돈 마르키스의 『아치와 메히타벨』에 나오는 고양이을 아주 의식적으로 본받았다. 어머니는 우리를 쳐다보며 "내가 어쩌다가 이 지긋지긋한 고양이 새끼들을 다 키우고 앉았지?"라고 으르렁거리곤 했다.)

34

어렸을 적엔 내 마음속 두려움은 말할 것도 없고 제일 사적인 관심사까지도 공유할 만한 사람이 있었으면 했다. 형제들과 어울리고 싶다면 예쁘게 차려 입고 노는 게 아니라 한국 전쟁을 재연하는 놀이에 참여해야 했다. 나는 야구를 좋아했지만 인형도 좋아했다. (교실 두 칸짜리 시골 학교였던 모교의 야구팀은 지역 리그에 참여했다. 내 유년기의 정점은 3루수로 뽑히게 된 때였는데, 기술보다는 열의로 뛰었고 통산 타율은 7푼 8리였던 것 같다.) 내 성질이나 자만심, 또는 열세 살이 되자 겁날 정도로 빵빵하게 부풀던 가슴은 말할 것도 없고, 학교생활이나 사랑, 우정 문제로 걱정이 있더라도 주변에선 아무도 신경을 써 주지 않았다.

부모님은 캔자스주 로렌스 시내에서 8킬로미터 떨어진 교외에 살았다. 나는 학교에서 보내지 않는 시간엔 집에서 청소와 설거지를 하고, **사실상** 어린 남동생들의 보모 노릇을 했다. 일곱 살 때부터 훗날 집을 떠날 때까지, 매주 토요일엔 아버지와 형제들이 먹을 빵을 구웠다. 형제들은 가족용 차를 빌려서 나가는 게 허용됐지만, 나는 계집애였으니 집구석에 들어앉아야 했다. 그 결과, 나는 고립된 세계에서 자라며 연인이 주는 친밀함과 친구가 주는 친밀함을 둘 다 애타게 그렸다. 자상한 어머니를 두고, '픽윅 클럽'을 만들어 놓고, 자연을 산책하는 마치 자매들의 삶이야말로 내게는 부럽고 이상적인 삶으로 느껴졌다.

『작은 아씨들』은 여성스러운 자제심을 장려한다는 점에서 그리 긍정적이지 않은 영향도 미쳤다. 이 소설 속에는 여자들이란 헌신적인 본성을 지녀야 한다는 관념이 숨어 있다. 여자들은 자신의 포부를 억누르고 가정을 위한 책임을 다해야 한다고 말이다. 베스는 이러한 부정적인 이상의 화신, 가정의 성녀로 그려진다. 바로 그 점이 베스를 죽게 만든다고 볼 수도 있다.

작가 올컷이 자신을 투영했으며 이 소설에서 제일 목소리가 뚜렷한 조는 더 교묘한 방식으로 그 헌신을 예증한다. 조는 작가다. 그러나 2부 말미에서는 결혼하여 아들 둘을 낳고 마치 고모의 오래된 저택에서 소년 기숙사 학교를 운영한다.

조와 자매들은 예술가가 되고 싶었던 청소년기의 꿈에 대해 얘기한다. 조는 "그때 내가 바랐던 삶이 지금 내겐 이기적이고 외롭고 냉정하게 느껴져. 내가 좋은 소설을 쓸 수 있다는 희망을 아직 버리지는 않았지만, 난 기다릴 수 있어……"라고 말한다. 그림을 그리고 조각을 하는 에이미는 가사 노동도 물론 중요하지만 자신이 아주 독창적인 작품을 만들어 낼 수 있길 여전히 꿈꾼다고 대답한다.

두 자매가 표출하는 갈등은 올컷의 삶에서 더 깊고 고통스러운 방식으로 나타났다. 그녀는 집필 활동으로 가족을 부양했다.

돈을 버는 것과 같은 평범한 활동과는 동떨어져 살던 아버지도 포함해서 말이다. 어떤 의미에서 올컷은 조가 그저 갈망만 했던 예술가의 삶을 이뤄 냈지만, 그녀의 왜곡된 예술성은 가정에의 애착에 더 깊이 사로잡혀 있었다. 올컷 자신의 글, 즉 가장 내밀한 자아는 가족의 요구에 부응하기 위해 희생되었다.

베스의 모델이 된 리지가 가정의 성녀였는지는 확실치 않다. 하지만 다른 세 자매들과 달리 리지는 집 안에 머물렀고 요절했다. 아마 아편 중독으로 악화된 거식증 때문이었을 것이다. (빅토리아 시대 작가들은 흔히들 거식증이 자제심이라는 여자다운 천성을 궁극적으로 보여 주는 표지라고 칭송했다.)

나는 조와 베스 둘 모두에게 혼란하게 이끌렸다. 베스를 동경하는 『작은 아씨들』의 애독자는 여태껏 나 말고는 본 적이 없다. 하지만 내가 생활했던 환경을 고려하면 자기희생의 전형에 마음을 빼앗긴 게 그리 놀라운 일도 아니었으리라. 나는 분노가 가득하고 안절부절못하는 청소년이었고, 내게 허락되지 않은 것을 원했으나, 헌신에 대한 드높은 이상을 실현하기 위해 자의식을 내려놓고자 끊임없이 애쓰기도 했다.

내가 성년이 되어 마주한 더 큰 사회는 여자아이들에게 경쟁적 비전이라 할 만한 것을 별로 제공해 주지 못했다. 모든 사람한테 정해진 자리가 있고, 모두가 옳고 그름을 구별했으며 이를 잊어버리면 어떻게 되는지도 잘 알았던 50년대 캔자스 사회에서, 여자애들은 대개 아주 좁은 시야로만 자기 미래를 볼 수 있을 따름이었다.

나는 백인, 공화당 지지자, 개신교도 남성 결정권자(최근 우리가 익힌 용어로는 '재단자decider')가 지극히 표준이었던 세상에서 자라났기에, 이 기준에 뭐가 됐든 의문을 제기하면 공격적인 반응을 불러일으켰다. 내 고향만큼 여성 운동이나 시민권 운동, 반전 운동에 대해 난폭하게 반응하는 지방은 어디에도 없었다. 버클리나 매디슨 같은 곳도 비할 바가 못 되었다.

1970년과 1971년에 걸쳐 15개월 동안 매일 한 번 이상은 화염병이 터졌다. 일부는 학생 시위대가 터뜨렸고, 여타 공격은 민병대와 다른 우익 단체들이 감행했다. 제일 오래된 무장 사병 조직 중 하나인 민병대는 현재 전국적으로, 특히 시골 지역에 널리 퍼져 있다(오클라호마 폭탄 테러를 저지른 티머시 맥베이는 미시간 농촌에서 우익 민병대와 함께 훈련했다). 1970년에, 민병대는 시민들이 독재 정권마저도 감수할 만큼 험악한 공포 분위기를 조성하여 로렌스 지역 학생들의 불안감을 이용하려 들었다. 시에서는 다행히도 이런 일이 벌어지지 않았으나, 저명인사들이 일부 테러의 배후에 있었다는 사실이 밝혀지는 바람에 상당히 조심스럽게 경찰 조사가 이뤄졌다.

그때쯤 나는 로렌스를 떠나 시카고로 갔기 때문에, 반전 운동이나 시민권 지지 운동이 풀뿌리 단계의 제도들을 얼마나 넓고 깊게 변화시켰는지는 모른다. 학창 시절 우리는 매일 의무적으로 기도를 올려야 했다. 고등학교에서는 부활절마다 강당에 모여 부흥회를 열었고, 역시나 출석은 의무였다. 1964년 (나, 가톨릭 신자인 여학생 세 명과 남학생 한 명을 포함하여) 몇 안 되는 뻔뻔스러운 시위자들이 강제 출석에 맞서 수정 헌법 제1조 보장을 요구했을 때, 우리는 부흥회가 진행되는 동안 교장실 옆 비좁은 방에 갇혀 있었다. 만약 불이라도 났다면 학교 측이 어떻게 했을지는 모르겠지만, 아마 이교도가 괴멸되었으니 반색하지 않았을까.

우리 학교는 흑인 학생들이 대입 준비 과정을 밟지 못하게 금지했고, 시에서는 흑인이 공공 수영장을 이용할 수 없도록 못 박았다. 공인 중개사들은 주거지에 구획을 나눠 차별하는 불문율을 따르며, 마룻바닥이 더럽고 물이 안 나오는 집이 널린 동네로 흑인과 유대인을 몰아넣었다. 내 부모님은 시외의 낡은 농가를 사들여 이런 세상에서 발을 빼기로 했지만, 역시나 적극적으로 주거 차별 철폐 운동에 나서게 되었다.

50년대 성 정치학 관점에서 보자면 낙태는 곧 범죄를 뜻했다. 또한 미혼 여성은 피임을 할 방도도 없었다. 게다가, 우리는 행

실 나쁜 여자들만 혼인 관계 외의 성관계를 가지는 거라고, 그러
니 응당 임신이라는 불가피한 처벌을 받는 거라고 교육받았다.
오늘날, 기세등등한 우파 기독교가 아주 성공적으로 우리를 그
시대로 되돌려 놓는다는 점을 여실히 보여 주고 있으니 우려스
러운 일이다.

우리 가족이 내 미래의 선택지가 제한적이리라고 여긴 건 별
로 특이한 일도 아니었다. 정말로 특이했던 점은 내가 자라난 환
경의 고립과 속박이었다. 부모님은 고등 교육을 받았고 박학다
식했다. 부모님이 가장 높이 평가하던 가치는 아마 글에 대한 강
한 애착과 교육이었을 게다. 연구 과학자였던 아버지는 독일어
와 이디시어는 물론 그리스어도 읽을 줄 알았고, 어머니는 소설
과 역사 분야를 폭넓고 깊게 읽었다.

하지만 부모님은 돈을 빌려서까지 집에서 멀고 등록금이 비싼
학교에 내 형제들을 보낸 반면, 내게는 대학 교육을 받고 싶다면
스스로 학비를 충당해야 한다고, 게다가 캔자스를 떠나는 건 허
락하지 않을 거라고 말했다. 나는 국비 장학생이었지만, 부모님
에게 하도 세뇌되어 스스로를 낮게 평가하게 된 탓에 두 가지 제
약을 다 순순히 받아들였다. 마침내 1968년 시카고 대학에서 대
학원 과정을 시작했을 때, 아버지는 그곳이 일류 학교인 반면 내
지성은 이류이니, 만일 실패하더라도 놀라지 말라고 당부했다.

지금도 이따금 그 같은 폭언을 떠올리며 가라앉는 기분을 느끼고, 초연하게 치고 일어날 힘조차 내지 못할 때가 더러 있다.

아마 부모님한테는 일종의 보살핌이 필요했을 것이다. 둘 다 어린 시절 제대로 보살핌을 받지 못했으니. 할머니는 두 분 다 고아나 다름없었다. 외할머니는 어머니를 낳다가 돌아가셨고, 친할머니는 열두 살 때 증조할아버지가 대학살로 희생된 뒤 동유럽에서 뉴욕으로 건너오게 됐다. 할머니는 열다섯 살에 아기 엄마가 되었고, 어떤 지원망도 없이 자녀들을 키웠다. 사실 할머니는 자기 어머니나 형제자매 대부분을 다시는 보지 못했다. 가족들이 홀로코스트로 사망했던 것이다.

내 할머니인 두 여인은 휘청휘청하면서도 최선을 다해 어머니 역할을 해 보려 했지만, 내 부모님은 다섯 자녀는 고사하고 서로에게 베풀 것도 별로 없는 채로 가정을 꾸렸다. 장년이 되고 보니 부모님 두 분 다 어머니를 너무도 간절히 원한 나머지 내게 어머니 역할을 맡기려 했다는 생각이 들었다. 한 번씩 어머니가 시카고로 나를 보러 오던 시절, 어머니는 차 안에 앉아 나더러 "나 좀 데려가, 안으로 데려다 줘. 난 그냥 의지할 곳 없는 여자애라고"라 외치곤 했다.

더 넓은 사회에서는 부모님 둘 다 사회 정의를 위해 적극적으로 활동했다. 아버지는 인종 차별이 심하던 시절에 자신이 속한 캔자스 대학 학과에 아시아인과 흑인 대학원생을 여럿 입학시켰고, 어머니는 시의 첫 흑인 교사가 집을 찾을 수 있도록 힘을 보탰다.

가정 내에서는 아버지나 어머니나 끝도 없이 애정에 굶주려 있었는데, 워낙에 극심한 지경이라 서로를 도울 수가 없었다. 부모님이 가정을 이룬 초창기에는 재치 넘치는 대화와 세계 각지에서 찾아온 흥미로운 손님들과의 저녁 식사가 가득했다. 나중에는, 슬프게도, 함께 나누는 이야기, 스포츠, 농담이나 촛불이 켜진 저녁 식탁 대신 폭음, 걷잡을 수 없는 분노, 너절함, 그보다 더 참혹한 일들이 그 자리를 채우기 시작했다. 이유가 무엇이든 간에, 그런 식으로는 우리 모두 살아가기가 힘들었다.

부모님 양측으로서도 나름대로의 사연은 있었으니, 시간이 흐를수록 두 사람의 끝없는 불화는 더욱 폭력적이고 소모적으로 변해 갈 뿐이었다. 그래서 아버지가 치매 악화로 고생할 때 어머니는 남편이 자기를 비웃는다고 생각하며 새로이 모욕으로 되갚아야겠다고 마음먹을 정도였다.

이렇듯 힘겨운 세월 속에 고단한 단련을 겪으면서도, 네 형제와 나는 좋은 가르침 또한 얻었다. 우리는 모두 부모님에게서 책과 언어를 향한 커다란 사랑을 배웠다.

더욱이 우리는 공익에 이바지하는 일이 얼마나 중요한지도 배

왔다. 아버지의 부모님은 국제 여성 의류 노동조합 시위에 합류했다가 만났다. 할아버지는 재단사였고 할머니는 블라우스 공장 마무리공이었다. 두 분은 뉴욕의 열악한 노동 착취 환경이 개선되기를 바랐다. 아버지의 삼촌 한 분은 1920년대 악명 높은 파머 레이드 월슨 정부의 법무장관 미첼 파머가 당대 반공주의 광풍을 등에 업고 급진주의자와 공산주의자를 대대적으로 색출하여 국외로 추방한 사건 기간에 강제 추방 당할 만큼 세계 산업 노동자 연맹 활동에 열성적이었다.

외할아버지는 어머니가 자란 일리노이 소도시에서 의사로 일했다. 대공황이 한창이던 시절 외할아버지는 메이오 클리닉에서 제안한 일자리를 거절했다. 자기 지역 사회가 의료 혜택을 누리지 못하게 내버려 둘 수 없었기 때문이다. 외할아버지는 51세에 사망했다. 수술을 받은 뒤 회복 중이던 외할아버지는, 연로한 스승이 빙판에서 넘어지는 사고를 당하자 눈밭을 헤치고 나가 노인을 병상으로 옮겼다. 그리고 이 일로 심장에 무리가 간 탓에 머지않아 돌아가셨다. 하지만 외할아버지가 사망하고 70년이 지나서도, 그 작은 지역 사회에서는 그분의 노고와 박애를 기린다.

나를 길러 낸 가정과 같은 유형을 어떻게 부르는지 깨우친 건 수년 뒤의 일이지만, 버지니아 울프와 엘리자베스 배럿 브라우닝의 책을 읽으며 나는 스스로가 '집 안의 천사코번트리 팻모어의 시로, 희생적이고 순종적인 여성을 빅토리아 시대의 이상적 여성상으로 제시하며 칭송하는 내용이다'의 그늘 아래서 자랐다는 사실을 깨달았다. 이는 코번트리 팻모어가 1854년 아내의 헌신적인 본성에 바친 찬가에서 묘사한 억지스러운 여성관을 일컫는 정식 명칭이다. 팻모어가 굳이 이름 붙이지 않았더라도, 이 천사는 오랜 세월 여성들의 삶을 망쳐 왔다(밀턴은 아담과 이브에 대하여 "오직 신을 위한 존재인 아담"과 "아담 안에 깃든 신을 위한 이브"라고 썼다).

19세기 작가들은 부단히 그 천사와 씨름했다. 엘리자베스 배럿 브라우닝은 자신의 시적 목소리를 의연히 찾아 가는 여성을 그린 서사시 『오로라 리』에서 이에 정면으로 맞선다. 배럿 브라우닝은 연인인 로버트와 함께하기 위해 아버지의 집에서 도망쳐 이탈리아로 갔고, 거기서 이탈리아 혁명가들의 친구이자 기록자로서, 또한 열렬한 노예제 폐지론자로서 두 번째 인생을 살았다. 그러니 대부분의 사람들보다 이 끔찍한 망령을 더 잘 떨쳐버렸을지도 모른다.

한편, 나는 재능이 뛰어났던 소설가 엘리자베스 개스켈을 그 천사가 사멸로 이끌었다는 꺼림칙한 느낌이 든다. 개스켈은 『메리 바턴』과 『남과 북』 같은 중요한 작품을 써냈을 뿐 아니라 헌신적인 어머니이기도 했다. 그녀는 (프랑스와 독일의 과학자들을 포함하여) 다방면에 걸친 친구들과 중요한 서신 교류를 지속했으며, 맨체스터에서 사회 복지 과정을 이끌다가 쉰다섯 살에 심장 마비로 사망했다. 그 같은 여건에서 개스켈이 무언가를 썼다는 사실조차 믿기 어려울 지경인데, 더욱이 탁월한 소설—강렬한 사회 비판을 보인다는 점에서 디킨스의 『황폐한 집』이나 『데이비드 코퍼필드』와 함께 가장 중요한 자리를 차지할 만한 작품—을 네 편이나 썼다는 것은 정말로 "가슴 아픈 천재의 경이로운 결실"이다.

여성의 역할이 좁게 한정되어 있던 세상에서, 빅토리아 시대 작가들은 이러한 한계로부터 도피하거나, 가정에서 양육하고 인정받는 생활을 통해 다른 의의를 찾을 수밖에 없었다. 건강 문제도 하나의 탈출로였다. 앓아눕기는 빅토리아 시대 예술가들이 가정에 예속된 삶을 회피할 수 있는 유용한 전략으로 보였다. 배럿 브라우닝이 그러했고, 위대한 작가이자 탐험가인 이사벨라 버드 비숍의 경우 에든버러의 아버지 집에선 늘 침대에서 일어날 수조차 없을 정도로 몹시 아팠다. 대서양 횡단 증기선에 다시 한 번 오르는 날까지 말이다. 그녀는 1904년 일흔셋의 나이에 집에서 몸져누워 있다 사망했다. 만일 그녀가 남극으로 향했더라면 한 20년은 더 살았을지도 모를 일이다. 에밀리 디킨슨은 찬장에 숨어서 집안일을 피했다. 나는 늘 이 선구적인 여성들의 대담성에 탄복해 왔다.

울프는 「여성의 직업」에서 집 안의 천사가 자기 자신과 작가로서의 소명 사이에서도 맴돌았다고 말한다. 그리고 그 천사가 "극도로 동정적이며 전혀 사심이 없었다. 그녀는 매일 자신을 희생했다……. 그녀는 자기만의 생각이나 제 자신을 위한 소원을 품어 본 적이 한 번도 없었다. 다만…… 언제나 다른 이들의 생각이나 소원에 공감했다……"고 묘사한다. 그 천사는 울프에게 이렇게 말했다.

"상냥하게 굴고, 아첨하고, 속임수를 쓰고, 우리 성별이 지닌 모든 기교와 계략을 이용해라. 너에게 혼자만의 생각이 있다는 것을 절대 그 누구도 짐작하지 못하게 해라. 무엇보다도, 순수해라." [울프가 말하길] 나는 그 천사에게 덤벼들어 멱살을 잡았고, 있는 힘껏 그녀를 죽이려 했다……. 만약 내가 그녀를 죽이지 않았다면…… 그녀는 나의 글에서 정수를 뽑아냈으리라.

유감스럽게도, 그 지긋지긋한 천사를 죽이기란 울프에게나, 아니면 우리 모두에게나 그리 쉽지 않은 일이었다. 천사는 몹시도 긴 날개를 달고서 우리 머리 위를 끊임없이 퍼덕이며 날아다

닌다. 컨템퍼러리 포크 록 가수 조녀사 브룩은 "**나는 집 안의 천사를 죽일 수가 없네**"라고 노래하기까지 한다. 동시대 도덕 및 정치계의 권위자들은 여성들이 그 천사의 높은 가사 기준에 부응하지 못하면서 미국의 쇠락을 불러왔다고 단언한다. 전 공화당 원내 총무 톰 딜레이는 콜럼바인 고등학교 총기 난사 사건을 학교에서의 진화론 교육과 집 밖에 나가 일하는 여성들의 탓으로 돌렸다. 세계 무역 센터 테러 이후, 공화당을 지지하는 우익 종교계 인사들은 신이 미국을 벌하고 있다고 선언했다. 특히나 여성 해방 운동을 단죄하는 것이라고 말이다.

그 천사는 어린 시절 내가 작가로서의 소명을 품지 못하게, 아니, 사실상 무슨 소명이든 품지 못하게 했다. 그리고 여전히 내 머리 주위로 날아와서는 이기적으로 굴지 말라고, 가정이나 공익을 위한 의무에 먼저 투신하라고, 조 마치와 마찬가지로 나의 집필 활동은 나중에 해도 된다고 말한다.

1880년대부터 1930년대까지 중서부 농촌 여성들이 쓴 일기에서는 고독이라는 주제가 끊임없이 되풀이된다. 그들의 고독, 그리고 농장에서의 삶이 쉴 틈 없는 고역이었다는 사실. 대화할 사람도 없고, 고민거리에 공감해 주거나 자기에게 무엇이 필요한지 헤아려 줄 사람도 없이, 그들은 흔히 정신 이상을 겪었다. 사실, 그 기간 동안 농촌 여성들 사이에 자기 집을 불태우는 일이 유행병처럼 번졌다. 그 과정에서 종종 남편이나 자녀들, 자기 자신마저 죽어 나가곤 했다.

나는 농가를 태워 버려야 할 정도로 외롭지는 않았으나, 소설을 친구 삼아 의지할 만큼은 외로웠다. 내 상상 속 내면세계가 훗날 작가가 되는 데 도움을 주었다는 생각은 들지만, 그 세계란 그다지 살기 좋은 곳은 아니었다. 침대에 누워 버린 배럿 브라우닝이나 이사벨라 버드와 같은 대담성은 내게 없었다. 난 그저 내면의 이야기가 흐르는 세계인 몽상 속으로 숨어들었다. 설거지를 하는 동안 나는 KGB를 피해 은신하며 접시 닦기인 척하는 러시아 과학자거나, 믿기지 않는 일이지만, 역시나 믿기지 않을 정도로 우아한 영국 귀족과 사귀는 사이였다. 내 연인은 퍼시 블레이크니에마 오르치의 『스칼렛 핌퍼넬』 속 등장인물. 게으른 한량이자 신출귀몰한 비밀 결사로 이중생활을 하는 귀족를 빼닮았고 말이다. 때때로 내 몽상은 너무도 진짜 같아서, 내가 어디에 있는지 무엇을 하고 있는지도 의식하지 못한 채로 하루 종일 그 안에 머물 수 있었다.

십 대 시절, 부모님은 두 분 다 자기 주장을 펼 때 내 말을 이용하고 싶어 했다. 어머니는 함정에 빠진 자기 처지를 묘사하는 시를, 아버지는 칭송받지 못한 명예를 뚜렷하게 보여 주는 이야기를 써 달라고 요구했다. 나는 양쪽 다 충실히 써냈다. 그러나 그 밖에는 내 글이 별로 관심을 끌지 못해서, 어머니 말로는 아버지가 이런저런 집안일을 가지고서 광분하거나 했을 때 내 어린 시절 원고를 전부 다 태워 버렸다고 했다. 나는 쭉 어머니가 잘못 알고 있는 거라면 좋겠다고 생각했다. 부모님이 돌아가시기 전, 습작이든 일기든, 내 과거와 현재를 이어 줄 종이 쪼가리, 예전에 내가 어떤 꿈들을 품었는지 알려줄 만한 것을 찾아보려고 몇 시간 동안이나 다락방을 샅샅이 뒤졌다. 찾아낸 건 아무것도 없다.

나는 어떻게 이런 가정 환경에서 살아남았을까? 나는 어떻게 작가가 되었을까?

1985년 더블데이에서 출간된 『가족의 초상』이라는 책에 수록한 에세이에서 이 질문들에 답해 보려고 노력했다. 훨씬 더 뛰어난 작가들—일례로 I. B. 싱어—과 함께, 나는 글로 내 목소리를 표현하는 데에 가장 큰 영향을 미치고 지지해 준 가족에 대해 써 달라는 부탁을 받았다. 그러자 훌륭한 독자이자 이야기꾼이었던 어머니가 떠올랐고, 내게 읽고 쓰는 법을 가르쳐 준 오빠가 떠올랐다. 하지만 내가 글을 쓴다는 데 관심을 기울인 가족은 한 명도 떠올릴 수 없었다. 도리어 글쓰기에 대한 나의 환상은 너무도 사적인 백일몽이라서 누구와도 공유한 적이 없었다. 그래서 나는 골든 레트리버 카포에 대한 에세이를 썼다. 카포는 내가 심혈을 기울여 첫 장편 소설을 쓰는 동안 낮이나 밤이나 내 곁에 머물렀다. 그러나 출판사에서는 개에 대한 에세이를 원치 않았다.

나는 다시금 생각해 보고, 어머니의 사촌 애그니스에 대해 써 내려갔다. 애그니스 이야기는 출판사에서도 만족스러워하여 책에 수록했다.

그 에세이 가운데 이런 부분이 있다.

열 살이 되던 여름, 애그니스가 또 갑작스레 방문해서는 내가 글을 쓰고 있다는 사실을 알아차렸다. 그러더니 내 글을 읽어 달라고 부탁하고는 거실에 앉아 온전히 집중해서 귀를 기울였다. 성인 여성이 어린 여자아이가 읽어 주는 이야기를 정말로 한 시간씩이나 듣고 **싶어 할** 수 있을까 아직도 믿기지가 않는다. 애그니스는 어떤 문학적인 비평도 하지 않았다. 그녀가 뭐라 말을 하긴 했는지도 기억나지 않는다. 그냥 앉아서 귀를 기울였다는 것만 기억날 뿐……

애그니스가 이야기 한 편을 들어 주었다고 해서 내 미래가 글에 달려 있다는 느낌을 받기엔 역부족이었다. 그래도, 내가 글을 계속 써 나가기엔 그 정도면 충분했다.

애그니스가 이야기를 들어 준 이후 나는 잠자리에 누워 부모님이 사망하고 애그니스에게 입양되어 그녀가 운영하는 여학교에 들어가는 상상을 하곤 했다.

그 꿈은 1958년 우리 가족이 시골집으로 이사하며 새로운 차원에 돌입했다. 처음엔 그 집이 좋았다. 드디어 나만의 방이 생겼고, 『이해받은 벳시Understood Betsy, 1916년 출간된 도러시 캔필드 피셔의 동화』나 『플럼 시냇가On the Banks of Plum Creek, 로라 잉걸스 와일더의 자전적 소설 『초원의 집』 시리즈 중 1937년 출간된 작품』처럼 학급이 두 개인 시골 학교에 다녔으니까. 나중에는 이게 아주 싫어졌다. 부모님은 점점 더 격하게 다투었고 시골의 고립 속에서 나는 쉬이 스스로를 또래 친구들로부터도, 학교와 집안일을 제외한 어떤 활동으로부터도 완전히 차단할 수 있었다.

샌타페이 철로는 로렌스 외곽의 산기슭에서 도로와 교차했다. 그곳에는 건널목 차단기나 경보기도 하나 없었고, 한 치 앞이 안 보이는 커브를 돌아 샌프란시스코를 향해 굉음을 내며 달리는 캔자스발 여객 열차가 가끔씩 일가족을 몰살시키곤 했다.

메리와 데이브는 도로나 선로에 신경도 쓰지 않고 싸우던 중이었으리라. 충돌 사고는 무시무시했을 테고. 물론 우리들, 네 형제와 나는 집 안에서 책을 읽거나 소프트볼을 하며 빈둥거리고 있었을 것이다. 우리는 원래 여러 가지 자질구레한 일을 해 놨어야 했다. 잔디 깎기(오빠가 할 일), 청소(내가 할 일), 아기 기저귀 갈기(역시 내 일)나 쓰레기통 속의 병들을 분류해 쓰레기장에 버리러 가기(남동생이 할 일). 메리는 손님들에게 말하곤 했다—나는 식기 세척기가 필요 없어요, 여기 둘이나 있거든요—그리고 오빠와 나를 손으로 가리켰다.

진입로에서 차 소리가 들리면 우리는 즉각 행동을 개시해 우리가 맡은 허드렛일에 달려들었다. 만약 우리가 부르주아적인 방종에 빠져 빈둥거리다가 발각되면 아주 골치 아픈 대가가 따랐다. 그러다가 지금 들어오는 차가 빨간 불이 번쩍이는 보안관 차라는 걸 알아챘다. 우리는 보안관이 왜 왔나 보려고 달려간다. 난 아기를 붙들어 내 엉덩이 위에 들쳐 업었다.

보안관은 매우 상냥하게 우리를 쳐다본다. 그러더니 우리 보고 아무래도 좀 앉는 게 좋겠다고 말한다. 우리한테 아주 심각한 이야기를 해야 했던 것이다. 사고가 있었고, 이제 우리는 고아였다. 우리를 보살펴 달라고 연락할 만한 사람이 있던가? 당연히 없었다. 보살핌이라면 뭐든 이미 우리가 알아서 하고 있었지만, 보안관에게 그렇게 말할 수는 없었다. 그리고 어쨌거나 우리는 미성년자였으니 후견인이 필요했다.

나는 애그니스에게 가서, 속수무책인 여자애들을 위한 학교에 들어가리라. 애그니스가 여자애들만 거두긴 했지만 나는 어린 남동생 둘도 데리고 가야만 하겠지. 그 애들은 내가 돌봐야만 했으니. (동생들은 내가 자기네 엄마라고 생각했다. 유치원에 들어갔을 때 동생들은 '누나'라는 단어가 무슨 뜻인지 몰랐다. 엄마가 두 명이라고만 생각했지, 내가 누나인 줄은 몰랐던 것이다.)

우리는 충격 때문에 눈물을 찔끔거리며 보안관을 숙연히 바라본다. 하지만 정말로 그런 일이 일어났다고는, 우리가 정말로 고아가 됐다고는 믿을 수가 없다. 『빨강 머리 앤1908년 출간된 루시 모드 몽고메리의 소설』이나 『영국의 고아들1855년 출간된 메리 제인 홈스의 소설』과 똑같이 말이다. 우리의 앞날은 기적적으로 변한다.

그러고 나면 메리와 데이브는 여전히 말다툼을 하며, 살아 있는 채로 진입로를 올라올 테고, 우리는 여태 도무지 집중할 수 없었던 활동에 돌입하리라. 오빠는 결코 제 임무들을 똑바로 해내지 못했다. 오빠가 자기에게 맡겨진 일을 좀 해 보려고 할 때쯤엔 어느새 임무가 바뀌어 있기도 했다. 그래서 고함 소리는 주로 오빠를 따라가며 울려 퍼졌다. 남은 우리 네 사람은 위층으로 슬그머니 올라갔다.

1985년에는 말할 수 없었던 사실을 여기 밝히고 싶다. 애그니스란 친척은 존재하지 않았다. 나는 여러 선생님이나 친구, 또 부모님과 어울리던 여자 어른의 모습을 섞어서 애그니스에게 제 나름의 행동거지나 조력자의 역할을 부여했던 것이다. 그렇지만 애그니스는 아주 고유하게 실재했다. 그녀는 내 상상 속의 멘토였다.

시카고 대학에서 대학원 첫 해를 보내던 1969년 겨울, 다른 세 학생과 허름한 방을 같이 쓰던 시절 애그니스가 내게로 왔다. 나는 스물한 살이었고, 뚱뚱하고 볼썽사납고 사무치게 외로웠으며, 비난받는 게 너무도 두려운 나머지 수업 시간에 말도 거의 안 했다. 남자 친구를 사귀어 본 적도 없었고, 세 명의 룸메이트를 제외하고는 시카고에 여자 친구도 전혀 없었다. 룸메이트들과 나는 사우스사이드에 있는 어두컴컴한 아파트를 같이 썼다. 방 6개에 월세는 165달러였고, 식용이라 해도 믿을 만큼 실한 바퀴벌레가 득시글득시글했다. 우리는 어느 날 밤 놈들이 보금자리로 삼은 오븐에 살충제를 뿌리고 후다닥 달아나는 것들을 짓밟아 250마리나 죽였다. (시체 수를 세려면 스물한 살은 먹어야 한다.)

건물 안은 절대 13도 이상으로 따뜻해지지 않았고, 그해 겨울은 최고로 혹독했다. 시 규정에 따르면 낮 시간 온도가 적어도 17도는 되어야 한다. 우리는 건축물 조사관들이 나와서 엄격하게 난방 시설을 점검하도록 하고 싶었다. 그러면 그들은 집주인이 데일리리처드 조셉 데일리(1902~1976). 1950년 이후 시카고 시장에 여섯 번 당선된 인물로 시카고 '보스 정치'를 대표한다의 조직에서 지부장으로 일했다는 사실을 알게 될 테고, 그곳의 온도계는 놀랍게도 우리 건물보다 8도나 높은 지점을 가리키고 있었을 텐데.

겨울 방학에는 캔자스로 갔다. 집에 돌아갈 때면 늘 그랬듯, 어머니는 술에 취해 화를 내고, 아버지는 위협적인 침묵에 잠겨 들었다. 아버지는 가끔 사흘이나 입을 꾹 닫고 지냈는데, 그 침묵하는 존재는 맹렬한 분노로 가득 차 자신을 둘러싼 집 안을 위압했다.

나는 방학이 끝나기 며칠 전에 시카고로 도망쳤다. 룸메이트들은 아직 돌아오지 않은 상태였다. 무거운 여행 가방을 끌고 더듬더듬 아파트 입구 계단을 올라가다가 문설주에 부딪혀 숨이 턱 막혔다. 나는 여행 가방을 내동댕이치고, 안으로 들어가지도 않고 그냥 가방 위에 걸터앉았다. 살찌고 되통스럽고 외로운 내 처지가 너무도 비참해서 그냥 그 자리에서 죽어 버렸으면 싶었다.

물론 두 남동생은 마음을 쓸 것이다. 내 친구 캐슬린도 그렇고. 하지만 부모님은 장례식에 와 보지도 않으리라. 나는 시카고와 로렌스 양쪽 지방에서 사회 정의를 위한 일에 적극적으로 나섰으니, 이를 높이 산 지역 사회 인사들이 내게 경의를 표하러 장례식에 올 것이다. 관 속에 누운 나는 기적처럼 날씬한 데다 부드럽고 곱슬곱슬한 금발 머리를 기다랗게 늘어뜨려 보티첼리가 그린 천사처럼 보인다. 그렇게 상상하니 목이 메었다.

그 순간, 애그니스가 문득 떠올랐다. 이름은 애그니스 블레치였고, 나처럼 속수무책인 여자애들, 식사하다 늘 옷에 음식을 흘리고, 문간을 잘 넘어가는 날보다 문설주를 들이받는 날이 더 많은 애들을 위한 교양 학교를 운영한다.

애그니스네 학교는 불가능한 일은 요구하지 않는다. 여자애들에게 얌전하게 밥을 먹거나 오드리 헵번처럼 걸으라고 훈련시키지 않는다. 대신 하도 기세 좋게 음식을 쏟도록 가르치는 바람에, 어쩌다 다른 여자들이 함께 있으면 모두가 내심 애그니스네 학생들의 반만큼이라도 매력적으로 보이기를 바라면서 드레스에 수프를 쏟을 정도다.

이는 1월 오후에 첫발을 내디딘 길고 느릿느릿한 여행, 나의 목소리로 이르는 여정이었다. 발표하기 위한 글을 쓰려고 마음 먹기까지, 누구에게도 내 작품을 보여 주지 않고 사적으로만 글을 쓰는 시간을 10년이나 더 보냈다. 여성 운동이 없었다면, 이듬해 가을 나를 보듬고 북돋아 준 나의 멘토이자 친구인 이저벨 톰프슨이 없었다면, 또 훗날 남편이 된 코트니 라이트의 지지가 없었다면, 공개적으로 글을 쓸 용기를 결코 끌어낼 수 없었을지도 모른다.

애그니스를 이루고 있는 사람들 중에는 4학년 때 만난 패티 셰퍼드 선생님도 있다. 선생님은 정말로 1957년 여름 동안 나에게 이야기를 읽어 달라고 졸랐다. 선생님 덕분에 나는 내 이야기가 뭔가 의미 있다고 느낄 수 있었다. 고등학교 때 제이앤 에인절 선생님과 빌 멀린스 선생님은 내게 언어에 재능을 타고났다고 말해 주었고, 글쓰기에 자신감을 붙일 수 있게 해 주었다. 그리하여 나는 스물세 살이던 1970년 여름, 잡지 출판계에서 일자리를 얻어 보려고 뉴욕으로 갔다. 직장을 구하는 데에 처절하게 실패하고 시카고로 돌아왔지만, 선생님들의 격려 덕분에 나는 30대 초반이 될 때까지 혼자서 아주 은밀히 글—소설과 시—을 계속 썼다. 그리고 마침내 마음잡고 첫 소설을 써 보자는 자신감이 생겼다.

어린 시절 지켜보았던 성인 여성 중에는 메리 클레어 숙모도 있었다. 아버지는 숙모와 시시덕거리면서도 동시에 그녀를 두려워했다. 숙모는 장군의 딸이었고, 여성스럽지만 단호한 기강을 세워 가정을 통솔했다. 삼촌이 우리 집과 72킬로미터 떨어진 레번워스 기지에 배치되었던 시절 둘이 자주 놀러 왔다. 어릴 적에 나는 메리 클레어 숙모가 어떻게 내 무서운 아버지를 호리고 을러메어 식구들 곁에서 문명인처럼 행동하게 만들 수 있는지를 똑똑히 보았다.

마지막으로, 캔자스 대학 학부생 시절에 만난 에밀리 테일러 학장은 지구상에서 내가 어디에 속해 있는지 다시 생각해 보는 길로 첫걸음을 떼는 데에 큰 역할을 했다. 나는 열세 살에 과학 연구소에서 접시 닦는 일을 하면서부터 모은 돈에 여기저기서 받은 장학금을 보태어 대학 등록금을 냈다. 이 중 가장 중요한 장학금은 엘리자베스 왓킨스의 이름을 딴 것이었는데, 아버지와 형제자매들을 보살피느라 열세 살에 학교를 그만두어야 했던 왓킨스는 훗날 여학생들을 후원하는 일에 자신이 모은 재산을 기부했다.

1964년 어느 가을 밤, 테일러 박사는 왓킨스 장학생들을 위해 만찬을 열었다. 그리고 이렇게 공부를 하여 장차 무슨 일을 할 계획이냐고 우리에게 물었다. 내 평생 동안 자라서 뭐가 되고 싶은지 물어 봐 준 어른은 한 명도 없었다. 나는 결혼을 해서 엄마가 될 팔자라는 걸 알았다. 사실 부모님이 내게 바라던 목표는 너무 한정되어 있었기에, 나를 비서 교육 과정에 보내기도 했다. 그러면 바로 결혼을 못 할 경우에 직장을 구할 수 있을 테니까. 그러니 이 엄청난 여자가 우리에게 무슨 일을 하며 살고 싶은지 물었을 때 정신이 멍해질 수밖에 없었다. 나는 대답할 거리가 없었다. 그 자리에 있던 많은 장학생들이 나와 같은 처지였다. 다들 더 훌륭한 아내이자 어머니가 되고 싶다고 웅얼거렸다.

연재 초기 〈둔즈버리미국 만화가 개리 트루도의 신문 연재만화〉에는 조니 코커스가 남편한테서 도망쳤다가 결국 월든에 다다르게 되는 에피소드가 있다. 이 이야기는 여성이 처음으로 직업과 평등과 자긍심을 머뭇머뭇 찾아 나서던 70년대로 거슬러 올라간다. 그리고—지금은 잘나가는 변호사가 된—조니는 그때까지 집 밖에서 일을 해 본 적이 전혀 없었다. 그러던 그녀가 어린이집에 취직을 하게 된다.

어느 날 그녀는 아이들에게 커서 뭐가 되고 싶은지 물어 본다. 남자애들은 우주 비행사, 카우보이, 소방관을 꼽는다. 여자애들은 팔을 들어 올리며 한목소리로 외친다. "저희는 엄마가 되고 싶어요." 조니는 자기 반 아이들을 바라보며 말한다. "남자 친구들아, 자리 좀 비켜 줄래. 여자 친구들이랑만 얘기 좀 해야 겠어."

조니 코커스처럼, 에밀리 테일러가 "얘들아, 우리 얘기 좀 해 야겠다"라고 말했다. "너희더러 집 안에 있으라고 대학이 자원 을 투자해 가며 너희를 교육하는 게 아니야. 사회에 보탬이 되는 인재가 되기를 바라는 거지. 너희들의 학업은 어떤 남자라든가 태어나지도 않은 아이들이랑은 아무 상관없어. 너희가 배워서 뭘 할지, 또 배움이 너희에게 어떤 도움을 줄지가 중요한 거야." 그녀는 말했다. 내게는 정말 짜릿하고도 두려운 밤이었다. 그날 밤, 생전 처음으로 권위 있는 어른이 내게 뭔가 중대한 일을 해 보라는 기대를 걸어 줬으니.

1964년의 그날 밤은 제7장에 힘을 실은 공민권법공민권법 제7장 은 인종, 피부색, 종교, 출신 국가에 따른 고용 차별을 불법으로 명시하는 규정이 제정 된 지 겨우 두 달밖에 지나지 않은 때였다. 그해 가을 우리 모두 는 미래를 향해 걸음마를 떼고 있었다. 빌리 진 킹여권 신장에 앞장 선 미국 여성 테니스 선수. 바비 릭스와의 성 대결 이벤트 경기에서 승리한 일화로 유명 하며, 미국 여성 운동 선수 최초로 커밍아웃한 인물이기도 하다도, '로 대 웨이드' 판결1973년 미국에서 최초로 낙태 전면 금지를 위헌으로 선언하고, 여성이 임신을 중 단할 권리가 있다고 인정한 판결도, 서굿 마셜 판사미국 최초의 흑인 대법관나 샌드라 데이 오코너미국 최초의 여성 대법관도, 심지어 V. I. 워쇼스키도 아직은 까마득히 멀었다. 미국이 커다란 가능성과 기회의 땅이 되었던 때 마침 성년이 되었으니 나는 무척이나 운이 좋았다. 이후 10년 동안 나는 그 경이로운 대변혁의 물결을 탔다.

2장

킹과 나

킹과 나

1966년 8월 6일 토요일, 시카고 니어웨스트사이드는 내가 자란 캔자스의 작은 마을만큼이나 고요했다. 사실은 그보다도 더 고요했다. 동네 거리를 배회하는 사람은 조지, 바버라와 나 셋밖에 없었다. 사우스사이드의 전형적인 주택인 방 5칸짜리 방갈로들은 텅 비어 레이스 커튼이 내려진 채였다. 언제나 길거리와 놀이터를 떼 지어 쏘다니며 놀던 어린이들마저 사라지고 없었다.

우리 셋은 열아홉 살이었고, 시카고 장로교회에서 주최한 여름 프로그램에 대학생 자원 봉사자로 참여했다. 그리고 주로 가톨릭 신자, 폴란드-리투아니아인이 밀집한 구역에서 일곱 살부터 열한 살까지의 아이들을 위한 여름 주간 학교를 이끄는 임무를 맡았다. 게이지 파크라 불리는 그 동네는, 업턴 싱클레어의

『정글』로 유명해진 도축장'유니언 스톡야드'. 공장식 축산업의 시초가 된 미국 시카고의 가축 수용소 및 도축장의 터전, '도축장 뒷동네' 남쪽에 위치했다. 게이지 파크 길거리에는 벽돌 방갈로가 줄지어 서 있었다. 주거 사다리를 오르는 첫 단계로서, 많은 가구가 단열 안 된 판자로 지은 도축장 뒷동네 아파트에서 이런 방갈로로 이사를 했다.

조지와 바버라도 나처럼 농촌에서 시카고로 왔다. 읽어 본 건 좀 있었을지 몰라도—그리고 고등학교 때 교과서에서 부패한 정부의 예시로 시카고의 민주당 보스 정치에 대해 배우긴 했지만—우리는 그해 여름 맞닥뜨리게 될 도시가 어떤 곳인지 철저히 무지한 상태였다. 윤리 교과서에서 뭘 읽었든지 우리가 봉사할 지역 사회의 복잡한 열정과 요구에 대해 미리 숙지할 수는 없었으리라. 우리는 스스로의 무지와 함께 봉사와 사회 정의에 대한 열정, 또 무한한 에너지와 우리 세대에 대한 낙천주의를 가슴에 품고서 시카고로 왔다.

그해 여름은 온 나라가 혼란에 빠져 있었다. 몽고메리 버스 보이콧1955년 미국 앨라배마주 몽고메리에서 흑인들이 벌인 대규모 흑백 차별 철폐 운동으로 촉발된 시민권 운동이 지난 10년 동안 사법과 입법 양측에서 중대한 승리를 이끌어 냈지만, 실생활에서는 그다지 많은 변화가 없었다. 보스턴부터 버밍햄에 이르기까지 경제적, 교육적 차별만이 아니라 인종 차별도 만연한 게 현실이었다. 인종 폭동, 학생 시위, 시민권 행진, 반전 시위, 초기 여성 운동이 여러 도시와 대학을 끊임없는 격변 상태로 몰아넣었다.

인종 차별주의자나 분리주의자 무리는 우리에게 계속해서 "도의를 법률로 강제할 수는 없다"고 말해 왔다. 즉 4세기에 걸친 지금까지의 손상을 바로잡으려고 노력하는 대신, 인종 차별주의가 알아서 미국의 정신에서 빠져 나갈 때까지 수 세기를 더 기다리라는 뜻이었다.[1] 흑인 인구가 많은 시카고는 미국에서 가장 인종 분리가 심한 도시로 불렸다. 1964년 공민권법이 통과되기 전까지, 흑인은 숱한 시내 상점에서 쇼핑을 할 수 없었다. 시카고 흑인 사회의 학생들은 트레일러에 차린 학교에서 공부했다. 시에서 그 지역의 낡은 학교를 수리하거나 새 학교를 짓지 않을 것이기 때문이었다. 시카고에서는 내 고향과 마찬가지로 흑인 학생이 대학 예비 과정을 밟지 못하게 제지하는 경우가 흔했다. 의대 진학을 꿈꾸던 시카고의 여자 친구 한 명은 나중에 방사선 기사 정도는 될 수 있을 테니 과학 수업에는 등록하지 말

---

1 참 묘한 일이지만, 이들은 오늘날 공화당의 종교적 우파를 이루는 바로 그 사람들이다. 그리고 자기네가 밀고 있는 성도덕이라는 개념을 법률로 제정하려 애쓰며 하루하루를 보낸다.

라는 지시를 받았다. 흑인 아이들은 여전히 대부분의 미시간호 수영장을 사용할 수 없었고, 관리 상태가 형편없는 근린공원에는 수영장이 구비되어 있지 않았다.

흑인은 버스나 고가 철도 열차, 심지어 쓰레기 트럭을 운전하는 것도 허용되지 않았다. 시청에서는 수위로만 근무할 수 있었고, 그마저도 백인 노동자에 비하면 몇 분의 일밖에 안 되는 급여를 받았다. 노동조합은 인종별로 분리되어 있었고, 흑인 노동자들은 가장 힘겨운 업무로 내몰렸으며 백인보다 낮게 책정된 급여를 배분받았다.

조지, 바버라와 나는 이 모든 부당함을 바로잡고 싶은 마음이 간절했다. 6월에 시카고에 도착했을 때, 우리는 시민권 투쟁의 후방처럼 보이는 곳으로 배치됐다는 점에 발끈했다. 우리는 존 프라이라는 카리스마 넘치는 백인 장로교 목사가 길거리 갱단을 정치 세력화하고 있던 남부 흑인 지역에 가고 싶었다. 오랜 시간 그는 갈취와 싸움을 일삼는 길거리 갱이었던 '블랙스톤 레인저스'가 '블랙 P 스톤 네이션'으로 바뀌는 데에 도움을 주었다. 10년이 지난 뒤, 그 갱단은 마피아식 조직인 '엘 루큰'파'El Rukn'은 아랍어로 초석을 뜻한다로 변모해 도시 내 상당 지역에서 도박, 성매매, 마약 밀매 사업을 장악했다. 엘 루큰파 수뇌부 대부분이 교도소에 수감되어 있던 70년대와 80년대에, 그들은 부보안관들을 겁박하고 매수하여 결국 자기들이 수감된 교도소를 밑바닥부터 지배하게 되었다(엘 루큰파는 교도소 내 마약 밀거래를 직접 관리했고, 종종 교도소 직원들에게 마약을 뇌물로 제공했다).

하지만 1966년 당시에는 프라이 씨가 그들에게 교회를 회의 장소로 내주고 신도석에 무기를 보관하게 해 주는 일이 대담하고 흥미진진해 보였다. 그의 교회는 흑인 권력 운동의 한 부분이었고, 우리도 거기 끼고 싶었다.

시카고에 도착했을 때는, 앞으로 우리가 맡은 임무 때문에 시민권 운동의 한 중심점을 향해 나아가게 될 줄은 몰랐다. 화려함은 덜하지만 더 중요한 부분의 중심 말이다. 마틴 루터 킹은 1월에 시카고에 도착하여, 게이지 파크와 맞닿은 흑인 지역 공동 주택에 입주했다. 우리는 애슐랜드가를 사이에 두고 그 건너편에 있었다. 분리 정책이 엄격한 시절이었기에, 애슐랜드 서쪽과 그너머 모든 주택은 백인용, 동쪽과 그 너머 모든 주택은 흑인용이었다.

그해 여름 킹은 시카고 흑인 사회가 주거, 교육, 임금 불평등이라는 그 지역의 끔찍한 역사와 맞붙을 방법을 찾아낼 수 있게 도우려 고민하고 있었다. 그리고 8월 6일, 킹은 여러 시민권 운동 지도자들과 더불어 인근 마켓 파크에서 시위행진을 주도했다. 그곳은 흑인 어린이들이 사우스사이드에서 유일하게 번듯한 수영장을 이용하거나 쾌적하게 관리되는 골프장과 야구장에서 놀지 못하도록 막는 공원이었다.

모든 시민들은 킹의 행진이 마켓 파크에서 폭력으로 번지리란 점을 알고 있었다. 사태가 얼마나 험악해질지는 아무도 몰랐을 듯하다. 백인 폭도들이 차량에 불을 지르고, 돌덩이와 화염병을 던지고, 오토바이 체인으로 마구 공격하는 한편, 경찰과 소방대원, 전부 백인이며 사우스사이드에서 자란—그리고 폭도 무리 중 많은 수의 이름을 알고 있는—무장 병력은 킹 박사를 보호하기 위해 육체적, 언어적 폭력을 몸으로 받아낼 거라는 사실을 누가 알았으랴.

우리가 일하던 교회의 톰 필립스 목사는 대학생 자원 봉사자들한테 마켓 파크 근처에 가지 말라고 명령했다. 어느 7월 오후 일이 끝난 뒤, 우리는 킹 박사의 연설을 들으려고 솔저 필드시카고에 위치한 경기장에 갔다가, 킹의 뒤를 따라서 시청으로 행진했었다. 그곳에서 킹은 그 이름대로 마치 왕처럼 당당하게 데일리 시장의 문 앞에 요구 사항 목록을 테이프로 붙였다.

6월과 7월 동안에는 우리 동네인 게이지 파크에서 충실하게 생활했다. 성 유스티노 순교자 교회라는 지역 가톨릭교회에서 열린 청년 모임에 참석했고, 거기서 극심한 인종 차별주의자 대학생들이 킹 박사에 대해 상스러운 말을 하는 모습을 보고 깜짝 놀랐다. 우리는 순진하게도 같은 또래 모두가 우리만큼이나 변화의 필요성 때문에 후끈 달아올랐을 거라고 생각했던 것이다. 게이지 파크의 백인 시민 위원회 모임에 가서 그들이 나눠 주는 혐오 전단지를 읽기도 했다.

우리는 어린이들이 가정에서 흡수하는 메시지에 대항하여, 함께 조화롭게 사는 삶에 대한 학습 과정을 제시하려 했다. "검은색과 흰색과 노란색과 갈색/모두 함께 이 마을을 세웠어요"와 "이 땅은 너의 땅이야, 이 땅은 나의 땅이야" 같은 노래들을 통해서 말이다. 그리고 우리 역시 8월 6일 행진에 참여할 권리를 따냈다고 생각했다.

톰 필립스는 우리가 순교를 열망하고 있다는 점, 시민권에 대한 진정한 헌신을 보여 주는 의미로 체포되고자 안달이 나 있다는 점을 알고 있었다. 체포되는 것이야말로 이 운동에 진실로 참여했다는 표지였기에. 돌이켜 보면, 톰이 우리의 안전을 걱정했다는 생각도 든다. 그 행진은 한 달 동안 사우스사이드에서 고조된 끔찍한 폭력의 정점이었으니까. 그곳에서 백인 폭도들은 "놈들을 유대인처럼 불태워라"나 "XXX들[2]을 끝장내는 유일한 방

---

2 그런 불쾌한 단어는 인용구에서조차도 쓰지 않을 것이다.

법은 놈들을 박멸하는 것이다" 같은 구호를 외쳤고, 흑인이나 혼혈 부부를 거부하는 부동산 중개인들을 규탄하려는 흑인들의 행진에 화약을 터뜨리고 벽돌을 던졌다. 어쨌든 우리는 톰을 사랑하고 존경했기에, 마지못해 그의 명령을 따랐다.

그 야만적인 날이 전개되던 시점에, 바버라와 조지와 나는 대혼란을 조금이나마 잠재우는 역할을 하나 맡게 되었다. 주민들이 주로 가톨릭교인 우리 동네에서는 일요일마다 성 유스티노 순교자 교회 미사에 2천 명이 참석했다. 행진 전 주에, 목회자들은 주거 차별 철폐와 인종 간 관용이 서로 사랑하라는 그리스도의 계명에 속한다고 설교했다. 남은 여름 동안 참석자를 2백 명까지 떨어지게 만든 설교였다.

나와 동료들은 거리를 서성이다가, 성 유스티노 교회에 불이 난 것을 발견했다. 분노한 교구민들이 사제관 토대 주위에 카펫을 겹겹이 쌓더니 불을 질렀던 것이다. 우리는 불이 붙은 것도, 맨다리에 샌들만 신은 것도 의식하지 못한 채 맨손으로 카펫을 움켜쥔 다음 놀이터 아스팔트 바닥으로 끌고 가 두들겨서 불길을 껐다.

이는 실로 사소한 행동이었다. 그날은 2천 5백 명의 폭도가 경찰차를 에워싸고 전복시키고, 시위 참가자들을 보호하거나 그들 편에 섰다는 이유로 경찰이든 수녀든 똑같이 때려눕히고, 차를 불태우고, 킹 박사를 지지할 만한 배짱과 품위를 지녔던 시카고 가톨릭 대주교에게까지 욕설을 퍼부었던 날이니까. 끝내 킹 박사는 "나는 지금껏 살면서 이렇게 심한 증오를 목격한 적이 없다. 미시시피에서도, 앨라배마에서도 이 정도는 아니었다. 이건 아주 끔찍한 일이다"[3]라고 말했다.

사우스사이드에 만연한 인종 간 적대감의 근원은 19세기 말로 거슬러 올라간다. 제1차 세계 대전 이전 20년 동안 남부에서 흑인이 대규모로 이주해 오던 시절, 백인 부동산 중개인과 시민 양측은 흑인 주거 지역을 미시간호 서쪽 1.6킬로미터 정도 되는 좁고 기다란 지역으로 제한하자고 합심했다. 부동산 중개인들은 기존 주택을 가능한 한 많은 방으로 분할하여 한 방에 여섯 명에서 열 명까지도 빽빽이 채워 넣고, 허락받기 전까지는 인접한 블록으로 이사하지 못하도록 하는 방침을 서면화했다. 그 좁은 구역을 벗어나서 집을 사거나 빌리는 흑인들은 방화나 폭탄을 맞닥뜨렸고, 1919년 인종 폭동 때는 어슬렁거리는 백인 폭도들과 마주쳐 총에 맞거나 린치를 당했다.

1933년 연방 정부는 실제로 레드라이닝 정책—지도에 빨간

3 테일러 브랜치, 『가나안의 가장자리에서At Canaan's Edge』, 사이먼 앤드 슈스터, 2006, 511쪽.

선으로 경계를 지정하여 그 지역에서는 은행, 부동산, 보험 회사가 흑인 고객을 거부할 수 있도록 하는 정책—을 도입했다. 북부에서는 남부의 **법적인** 분리주의를 경멸스럽게 바라보긴 했지만, 북부 도시들 차원에서는 레드라이닝을 몹시 열성적으로 받아들였다.

조지, 바버라와 나는 작은 방갈로에서 백인 가족과 함께 살며, 임시 손님방으로 깔끔하게 꾸며 놓은 다락에서 잤다. 조지는 쓰레기차를 운전하는 지부장과 함께 지냈다. 바버라와 나는 아버지가 시내버스를 모는 가정에서 큰딸과 다락을 함께 썼다. 어머니는 지역 슈퍼마켓 체인에서 판매할 케이크를 구웠다. 정신 지체가 심했던 어린 딸은 아래층 식당에서 생활했다. 부모는 푸념하거나 따지고 드는 일 없이, 어떤 외부의 지원도 없이 집에서 아이를 보살폈다. 그해 여름 인종 갈등이 불거지자 그들이 보인 반응은 주로 이런 식의 우려였다. 이사할 만한 여유가 있을까? 만약 여기 가만히 있는데 이웃이 폭력적으로 변하면 어떻게 연약한 딸을 지킬까?

우리 주간 학교 아이들은 자주 불안해했다. 해변으로 소풍을 나가는 일정은 우선 애슐랜드가에서 버스를 기다리는 동안 흑인 아이들이 우리에게 돌을 던지는 일로 시작되었고, 다음번 폭동이 시작되기 전에 다급하게 집으로 부랴부랴 돌아가는 일로 종종 끝났다. 처음으로 아이들을 데리고 야구 경기를 보러 리글리 필드에 갔던 날, 아이들은 열차 안 좌석이 절반쯤 비어 있는데도 흑인 옆에 앉지 않으려고 한 시간 내내 서서 갔다. 우리는 아이들에게 또 그렇게 행동했다가는 소풍 갈 권리를 빼앗길 거라고 말했다. 그 뒤로 아이들은 공포심에 눈을 휘둥그레 뜨고서, 자기 곁에 앉은 지친 중년 여성들에게 폭행당할까 봐 무서워하며 좌석 가장자리에 걸터앉곤 했다.

지도원 역할을 맡은 우리는 아이들을 달래려고 노력했고, 가르치려고도 노력했지만, 그저 설교만 하는 일이 너무 잦았으리라. 게다가, 어쨌든 우리는 여름이 끝나면 사우스사이드에 머물 필요가 없는 사람들이었다. 다들 학교에 돌아갈 예정이었으니까. 9월에 나 역시 학부 과정을 마치기 위해 캔자스로 돌아갔다.

그해 여름은 내 인생을 영원히 바꾸어 놓았다. 나는 안절부절못하는 상태로 시카고에 갔었다. 세계 무대에서 벌어지는 거대한 사건들에 나도 동참하고 싶었다. 여태껏 믿기 어려울 정도로 도시를 장악하고 있던 데일리 시장을 위협하고, 백인들의 대규모 교외 이주를 불러오고, 마틴 루터 킹의 에너지를 소진시켰으며, 길거리 흑인 갱단의 세력을 불어나게 하고(그들은 킹 박사와 그의 동료들을 보호해 주었다), 경찰들의 신경을 극도로 날카롭게 몰아간—2년 뒤 그 불만을 민주당 전당 대회 앞 반전 시위대에게 풀게 만든—그 폭동과 행진은 내게 변화의 표식으로, 희망의 표식으로까지 보였다.

이제 와 되돌아보니, 희망을 품고 그 시대를 견뎌 내려면 젊어야만 했던 것 같다. 곧 베트남전이 점점 치열해지며, 린든 존슨의 관심은 시민권에서 전쟁과 반전 운동으로 옮겨 갔다. 이후 몇 년 동안 시카고 백인 사회와 같은 수준의 혐오와 폭력이 전국으로 메아리처럼 퍼졌다. 시민권 운동 자체는 비폭력, 무력 투쟁, 분리주의, 그 밖의 많은 분파 간의 상충되는 철학 사이에서 분열되고 있었다. FBI와 인종 차별주의자 집단의 끈질긴 괴롭힘뿐 아니라 본인에게 떠맡겨진 부담, 시민권 운동의 내부 분열 때문에 이미 지쳐 있던 킹 박사는 시카고의 폭력으로 인해 더는 버틸 수 없을 정도로 나가떨어졌다.

그렇다 하더라도, 나는 바람직한 방향의 변화가 가능하다는 느낌, 나와 내 친구들이 선한 의지와 행동력을 투쟁에 충분히 쏟는다면 함께 미국을 변화시킬 수 있다는 느낌으로 충만한 여름을 보내고 돌아왔다. 그리고 내 운명이 시카고에 달려 있다는 것을 느꼈다.

학부 과정을 마친 다음 뭘 해야 할지 몰라서 빈둥거리고 있을 무렵, 톰 필립스 부부가 내게 도시에서 직장을 찾을 동안 자기 집에서 지내라고 초대해 주었다. 나중에 나는 도시의 길바닥에 넘쳐 나는 고통의 근원을 이해하고 받아들이려고 노력하며, 미국 역사로 박사 학위를 땄다. (「남북 전쟁 이전 뉴잉글랜드에서의 도덕철학의 붕괴」라는 내 박사 논문은 마틴 루터 킹과 마켓 파크와는 상당히 멀리 떨어진 것처럼 보이지만, 석사 논문에서는 노예제 폐지론자들에 대하여, 그리고 그들이 1840년대 종교 운동과 맺고 있던 관련성을 다룬 바 있다.)

먼 훗날 나는 시카고 탐정 V. I. 워쇼스키라는 인물을 창조했다. 워쇼스키는 사우스사이드의 방 5칸짜리 방갈로에서 자라났다. 도시의 인종 분열만이 아니라 민족적이고 종교적인 분열까지도 이해하려는 노력을 포함하여, V. I.의 개인사 대부분은 그해 여름으로부터 틀을 잡은 것이다.

시카고 사람들은 자기가 자라난 가톨릭 교구, 자기 출신지인 유럽의 비좁은 땅덩이로 스스로를 규정한다. 지금까지도 토박이와 처음 만나는 자리에선 고향이 어디냐는 질문이 꼭 나온다. 만약 내가 "캔자스예요. 하지만 40년 동안 시카고가 제 고장이었죠"라고 말한다면 토박이들은 "아니, 어디 **출신**이냐고요!"라고 조급히 물을 것이다. 즉, 내 조상이 유럽 어느 빈궁한 구석빼기에서 도망쳐 나왔느냐는 말이다. 그리고 내 조부모님이 태어난 땅에 여전히 강한 유대감을 느끼지 않느냐는 말이기도 하다.

나는 V. I.에게 폴란드 성을 붙여 주었다. 조부모님 중 한 분이 폴란드에서 왔고, 흑인이나 라틴 아메리카계의 경험에 대해서는 설득력 있게 쓰지 못하리란 점을 자각했기 때문이다. 하지만 나는 현지인이 아니기에 작품에서도 이러한 한계를 무심코 드러내고 만다. 주인공의 친할아버지를 폴란드 이민자로 설정했는데도, 나는 V. I.가 현지인들처럼 폴란드식 소풍이나 크라쿠프 무용 축제, 푸와스키의 날 퍼레이드에 가는 모습을 그린 적이 한 번도 없다.

　나는 스스로가 민족성에 대해 무지할 수밖에 없는 팔자임을 첫 번째 직장에서부터 알아차렸어야 했다. 시카고 대학 정치학과의 총무로 일하며 외국계 미국인을 처음 접했는데, 폴란드계 미국인 학생들은 내가 벌금을 면제해 주거나 수강 인원이 초과된 강좌에 넣어 주기를 기대했다. 그렇게 해 주지 않으면, 그들은 나보고 폴란드 민족을 배반했다고 말했다. 교외로 이주한 성인들조차도 자기가 어린 시절 살던 고장에 동질감을 가진다. 80년대에 마케팅 매니저로 일하던 시절, 아일랜드 남부 출신인 우리 팀 비서는 아일랜드 서부에서 온 직원들 얘기를 할 때 씩씩거리며 '까만 아일랜드인'이라고 부르곤 했다. 또한 그쪽 출신인 직원에게 온 전화 메시지는 전달해 주지도 않으려 들었다. ("저 샌디 라일리란 작자가 당신을 방해하려 들었지만, 주제넘게 나

대지 못하게 내가 쐐기를 박았어요." 그녀는 콧김을 씨근거리며 말하곤 했다.)

그렇지만 무엇보다도, 1966년 여름은 발언과 침묵이라는 주제를 일깨워 주었다. 이는 내 글쓰기의 핵심인데, 바로 이 주제가 내 정서적 삶의 핵심이기 때문이다.

40년 전에는 함께 살아 나가는 사람들의 무력감을 이해한다기보다는 그저 느꼈다. 나는 그 8월의 마켓 파크에서 병을 던지고 차를 불태울 정도의 증오로 변한 공포, 혹은 백인들이 겁에 질려 자기네 작은 집을 밑지고 팔아 버린 뒤 서부 교외로 도망치게 만든 공포를 그 당시에도 전혀 지지하지 않았고 지금도 마찬가지다. 하지만 젊고 무지하고 오만했던 시절에는 내가 머물던 집 주인 가족과 그 이웃들이 가진 거라곤 저 방 5칸짜리 집밖에 없다는 사실을 이해하지 못했다. 은행과 부동산 업자, 또 연방 정부의 대출 정책이 불난 데 부채질하듯 백인들의 공포를 부추겨 손해를 보고 공황 매도하게끔 유도하고는, 거대 조직이 흑인 가정에 부풀린 가격으로 집을 팔아 큰 수익을 남기도록 하는 방식도 이해하지 못했다.

무슬림들이 악의적인 이슬람 종교 지도자나 정부가 유도한 대로 덴마크 만평을 문제 삼아 폭동을 일으키고, 서구 신문들은 이에 대해 경멸과 연민을 표출하는 오늘날, 나는 1960년대에 시카고 선동꾼들이 기독교 지역인 사우스사이드에서 번진 불길에 얼마나 손쉽게 부채질을 했던가를 생각한다. (주전론자 정치인과 방송인 무리가 이라크 침공을 앞두고 얼마나 손쉽게 일부 미국인을 선동해 업체명이 프랑스어인 기업체에 불을 지르게 만들었는지도 생각한다.) 우리 중 누구도 고립이나 무력함, 분노의 감정으로부터 자유로울 수 없다.

나는 권력 위의 권력, 체니나 핼리버턴딕 체니 부통령이 부시 행정부에 합류하기 전 CEO로 재직했던 에너지 회사. 핼리버턴사가 이라크 전후 복구 사업에서 17억 달러 규모의 사업을 수주한 것으로 드러나며 정경 유착 문제가 불거졌다, 엔론1985년 설립된 미국의 에너지, 물류 및 서비스 회사. 2001년 엔론의 부실 재정이 체계적인 회계 부정으로 은폐되어 왔다는 사실이 밝혀졌고, 의회와 백악관, 감독관청 등을 대상으로 벌인 로비 활동까지 폭로되었다. 이후 '엔론 사태'는 계획적인 기업 사기와 부패의 대표적인 사례로 회자된다으로 대표되는 자들의 욕구나 동기에는 별로 관심이 없다. 사악한 캐릭터를 그리 깊이 탐구하지 않는다는 점이 내 소설의 약점이다. 나는 늘 약자의 편을 들어 왔고, 시카고에서 보낸 여름 덕분에 약자의 곤궁함을 날것 그대로 뚜렷하게 느낄 수 있었다.

『톰 아저씨의 오두막』에서, 신앙심 깊은 소녀 에바 세인트클레어는 자신을 둘러싼 참혹한 환경의 무게를 못 이기고 죽는다. 프루라는 이름의 노예 여성에게 가해진 끔찍한 잔혹 행위에 대해 전해 듣자, 에바는 "뺨이 창백해졌고, 눈에는 깊고 무거운 그늘이 스쳐 갔다." 나중에 그녀는 아버지에게 "이런 일들이 제 마음속에 스며들어요"라고 말한다.

내 소설과 사회 정의에 관한 문제를 어떻게 논의할지에 대해 생각해 보려다가, 두 손을 가슴에 갖다 대고 북받쳐 떨며 "이런 일들이 제 마음속에 스며들어요"라 말하는 나 자신의 모습을 떠올렸다. 하지만 나는 어린 에바처럼 신실한 사람이라 약자의 편을 드는 것이 아니며, 가장 무력한 사람만큼이나 결핍감에 시달리기 때문에 그리 하는 것이다.

나는 뒤죽박죽으로 겉도는 가정에서 자랐다. 가족 중 유일한 여자아이인 탓에 아홉 살 때부터 강제로 내 유년기를 포기하고 어린 남동생들의 보호자가 되어야만 했다. 우리 집은 로렌스 시내에서 몇 안 되는 유대인 가족 중 하나였다. 우리가 오면서 유대인 남자들 머릿수가 열 명을 채웠기에 공동체에서 예배를 드리기 시작할 수 있었다. 우리는 기린과 같았다. 호기심 어린 시선을 쏠리게 만드는 별난 존재 말이다. 만일 내가 더 큰 세상에다 뭐가 됐든 우리 가정생활의 추악함을 까발린다면, 그리고 그것이 나로서는 여전히 떠올리기조차 힘겨운 성격의 추악함이라면, 굳이 내가 고통을 더해 주지 않아도 이미 궁지에 몰려 있던 유대인들을 더 욕보이게 된다는 사실을 난 알고 있었다. 유럽에 있던 친척이라면 마지막 남은 갓난아이 사촌까지도 싹 없애 버린 홀로코스트의 그림자가 내 유년기에 무겁게 드리워져 있었다. 신이 난 이교도들이 조롱거리로 삼게 될 뿐이라면, 어찌 사적인 고뇌를 드러내겠는가.

아버지가 나보고 아홉 살이나 됐으면 장난감을 가지고 놀기엔 너무 컸다고 말하며 내 인형과 봉제완구를 남동생에게 주었을 때, 어머니는 내게 장난감이라고는 한번 가져 보지도 못하는 할렘이나 요하네스버그 아이들도 있고, 심지어 빌나 게토리투아니아 수도의 유대인 격리 거주 지역에서 죽은 아이들도 있는데, 이깟 일로 울지 말라고 했다.

결핍이라는 넓은 관점에서 보면 내 욕구와 희망은 하찮을 뿐이었다. 악의 굴레에서 벗어나도록 돕고, 배고픈 이들과 내 빵을 나눠 먹으며, 무릇 억압받는 이들을 해방시켜 주는 게 내가 맡은 책무였다. 내 삶에서는 즐거움을 누리는 게 금지되어 있었다. 부모님은 미술이나 음악 수업도 못 듣게 했고, 방과 후 모임이라든지 친구들과의 외출도 일절 금지했다. 언젠가 내가 학교 연극에 참여하자, 부모님은 너무도 매섭게 후벼 파는 말로 내 이기심을 비난했다. 이후로 다른 여가 활동은 엄두도 못 내게 만드는 데 아주 효과적인 방법이었다. 지금까지도, 다락방에 앉아 소설을 쓰고 있노라면 거리로 나서서 사회적 빈곤의 제단에 내

한 몸 바쳐 희생하지 않는다는 사실 때문에 죄책감이 든다. 나는 사람들을 가르치고, 임신 중단권을 지지하고, 다르푸르2003년 오 마르 알 바시르 독재 치하의 수단 공화국 다르푸르 지역에서 인종 및 종교 분쟁으로 인해 대량 학살이 벌어졌다를 구제하고, 애국법 폐지에 앞장서야 한다. 요 컨대, 내 책상 위에 쌓이는 모든 호소문을 수락해야 한다는 말이 다. 오로지 이기적인 사람만이 제 다락방에 박혀 소설이나 술술 지어낼 테니까.

나는 봉사하는 사람으로 길러진 데다, 정의를 향한 열정이 드 높던 시대에 성년이 되었다. 내 성격은 그 시대에 적절히 꼭 들 어맞았다. 거기다 발언권이 없다는 게 어떤 감각인지도 알고 있 었기에 무력한 이들의 고통을 인지하고 공감하는 데까지 나아갔 다.

글을 읽을 줄 알 만큼 자랐을 때부터 줄곧 나는 주변 세상을 우습게 해석하거나 적어도 그래 보려고 공들인 단편 소설을 썼 다. 판타지를 숱하게 썼고, 때로는 미스터리도 썼다. 시카고에 서 보낸 여름 이후엔 더 자연주의적인 이야기를 쓰려고 노력하 기 시작했다.

어린 시절에 홀로코스트를 생각하면, 아주 많은 사람들이 자 기를 기억해 줄 사람 하나 없이 익명으로 죽어 간다는 게 제일 끔찍했다. 청년이 된 뒤 함께 일하던 사람들을 생각하면서도 같은 두려움을 느꼈다. 그들의 이야기를 기억해 주는 이는 아무도 없을 것이다. 이를 기억하는 게 나의 사명이 되었다.

이후 10년 동안, 나는 사람들이나 이웃, 혹은 공포나 혐오에 대한 소소한 이야기를 꾸준히 써 보려고 했다……. 폭동이 한차례 일어나던 사흘 동안 24시간 교대 근무를 했던 L 트레인—시카고의 고속 전철—의 어느 경찰 이야기. 그는 아내에게 가져다 줄 분홍색 장미꽃 한 송이를 정성껏 품에 안고 있었다. 얼굴엔 흙먼지가 잔뜩 묻고 수염도 꺼칠하게 자란 데다 녹초가 된 기색이 역력했지만 꽃을 다루는 그의 손길은 부드러웠다……. 내 동료의 어머니였던 어느 여성의 경우, 남편의 접근을 막는 보호 명령이 내려진 상태였다. 어느 오후 남편이 나타나 침입하려 하자 그녀는 경찰에게만이 아니라 우리에게도 전화를 했다. 남자는 캐딜락을 사려고 10년 동안 점심 식사를 걸렀고, 인생에서 다른 무엇보다도 자기 차를 애지중지하는 사람이었다. 그런 그가 아파트 지하층 창문 밖에서 집에 좀 들여보내 달라고 아내에게 애걸하고 있었다. "여보, 당신한테 내 차도 운전하게 해 주겠다니까." 그가 약속했다. 이와 비슷한 수백 가지 이야기, 가슴을 에는 순간이 닥쳐오곤 하는 고달픈 삶의 이야기가 수두룩하고, 이들이 내 마음속에 스며든다.

시카고에서 보낸 초년 시절부터 나는 도시 동남부에 각별히 매력을 느꼈다. 사우스시카고, 풀먼, 이스트사이드는 옛 시카고 산업 동력의 심장부를 대표하는 지역이다. 그곳이 바로 V. I. 워쇼스키가 자라난 지역이고, V. I.의 인생에서 가장 끔찍한 사건이 여럿 벌어지는 곳이기도 하다.

1966년 시카고에 처음 도착했던 때, 우리 일행은 늦은 밤 제철소로 차를 몰고 지나갔다. 타오르는 메탄, 가로등, 공장 조명, 그리고 그 위로 온통, 강철이 쏟아지며 내뿜는 흰색과 주황색 불길이 풍경을 뒤덮었다. 이 모든 빛이 한밤중 칠흑같이 검은 광대한 미시간호 앞에서 돌연 뚝 그칠 때까지. 그 모습은 마치 지옥으로의 입장을 알리는 서막처럼 보였다.

철강 산업의 임금이 높기에, 사우스시카고 공장들로 이민자가 물밀듯 연이어 밀려왔다. 그러면서 그 지역 거리로는 투쟁 또한 물밀듯 밀려들었다. 스웨덴인이 독일인으로 대체되고, 그다음엔 폴란드인, 세르비아인, 마침내 라틴 아메리카계와 아프리카계가 들어오면서, 각 인종/민족 무리는 자기 일자리를 지키려 힘쓰면서 새로 들어온 이들과 싸웠다.

나는 의붓아들을 통해서[4] 사우스시카고 출신 십 대 몇 명을

---

4 나는 60년대 후반 대학에서 총무로 일할 때 만난 남자와 1976년 결혼했다.

알게 되었다. 아들은 교우 관계가 사우스사이드에 두루 뻗어 있었다. 그중 한 명은 열아홉 살쯤 된 여자아이였는데, 작은 체구에 빨간 머리를 무릎까지 늘어뜨렸다. 그 아이는 술집에 들어가 남자들이 술을 사게 시킨 다음, 혹시 상대가 성적인 대가를 요구하면 두들겨 패기를 좋아했다. 그 아이는 시카고의 가장 험악한 길거리에서 싸우는 법을 배웠던 것이다. 1982년에 내 탐정을 창조하면서, 나는 주인공을 무슨 신비한 무술 전문가가 아니라 길거리 싸움꾼으로 그리고 싶었다. 그러니 그녀의 뿌리를 찾아 사우스시카고를 되돌아보는 것은 자연스러운 일이었다.

그 밖에도 많은 특색 덕분에 남쪽 동네는 한없이 흥미로운 곳이다. 그곳에선 사람이든 단체든 도시와 단절되어 있다고 느끼며, (적어도 자기 민족 거주지 안에서는) 서로에게나 이웃에게 충실한 경향이 있다. 80년대에 철강 산업이 몰락하면서 사우스시카고와 주변 지역들은 거의 20만 개의 일자리를 잃었다. 하지만 지역 은행들은 고객들이 허우적거리면서도 자기네 번듯한 방갈로의 담보 대출금을 끝까지 납부하게끔 10년 넘게 공을 들였

남편은 물리학자이며, 그가 지닌 놀랍도록 훌륭한 지성과 유머와 공감 능력을 열거하려면 에세이 한 편이 따로 필요할 것이다. 우리가 결혼했을 당시 그는 십 대 아들이 셋 딸린 이혼남이었다.

다. 1985년쯤에는 은행들도 그 지역에 잠재적 구매자가 투자하지 못하도록 말리고 있었지만 말이다.

시카고는 습지 위에 건설된 도시다. 사우스시카고에는 인디애나주 게리부터 북쪽으로 40킬로미터 떨어진 시카고 루프[5]까지 뻗어 있던 옛 습지대의 유일한 흔적이 남아 있다. 65년 전에는 사우스사이드와 루프를 연결하는 8차선 고속도로를 포함해 이 지역 대부분이 아직 물에 잠겨 있었다. 오래 전부터 이 습지는 시안화물에서 화산암재까지 온갖 것들로 가득 차 있었고, 1억 톤의 쓰레기가 더해져 지금의 형체를 갖추게 되었다.

지역민들은 조금 남아 있는 습지를 죽은 가지 연못이라 부른다. 습지 주위에 썩어 가는 나무들이 점점이 흩어져 있는데, 거기서 나온 별명이다. 그곳을 표시한 시내 지도는 하나도 없다. 또한 워낙 알려지지가 않아서 시카고 항구와 10블록 떨어진 데서 근무하는 경찰들도 이 얘기를 들어 본 적이 없을 정도다. 근방 시카고 공원 사무소 직원들도 마찬가지다.

스모그와 뒤섞여 자주색과 분홍색으로 물든 하늘 아래, 늪지를 가로세로로 교차하는 자갈길 위의 자동차들 너머로 습생 벼

5 시카고의 중심 업무 지구로서, 이 지역을 둘러싼 사각 루프 형태의 철도 이름을 따서 명명되었다.

와 부들 가지가 훨씬 더 껑충하게 솟아 있다. 한 세기 동안 쓰레기를 투기한 바람에 환경 보호청이 등급을 매길 수 없을 정도로 많은 발암 물질이 지하수에 가득한데도 풀은 무성하게 자란다. 목이 자줏빛인 오리들이 악취가 진동하는 물속의 별미를 야금야금 쉼 없이 쪼아 먹는다. 오리 일족은 캐나다에서 아마존으로 향하던 수천 년째의 여정에서 벗어나 여기로 왔다. 이곳은 조류 관찰자의 안식처일 뿐 아니라, 멸종 위기에 처한 조류를 포획하려는 밀렵꾼들의 명당이기도 하다. 북적거리는 가을 무렵 토요일에 이곳에 오면 조류 관찰자들과 어부들을 함께 볼 수 있다. 환경 경찰이 밀렵꾼들을 잡느라 과중한 업무에 시달리는 모습도 아마 지켜볼 수 있을 것이다.

나무 위에는 이 지역의 청정수 사업을 명시하는 표지판과 유해 폐기물을 무단 투기하지 말라는 경고문이 서로 싸우듯 붙어 있다. 경고문에도 불구하고, 날만 잘 고르면 장화 한 켤레부터 침대 틀까지 죽은 가지 연못에 버려진 온갖 잡다한 물건을 다 찾을 수 있다.

70년대 수질 정화법이 통과된 이후로 캘류멧 강과 그 지류로 물고기가 되돌아오고는 있지만, 연못으로 흘러 들어가는 물고기들한테선 거대한 종양과 썩은 지느러미가 눈에 띈다. 물속의 인산염은 수면을 투과할 수 있는 산소를 한층 감소시킨다. 그런데도 야생 철새는 계속해서 이동 경로 중에 여기 내려앉고 있다.

너무 가난하여 수도가 없는 판잣집에 사는 시카고 사람들은 습지에서 저녁 식사용 물을 받는다. 이들의 판잣집은 눈에 띄지 않는 흔적을 늪에다 점점이 남긴다. 식도암과 위암으로 인한 사망률이 이곳 주민들에게서 높게 나타나는 이유는 수원의 오염 물질 때문이다. 집 주위에 반쯤 야생인 개들을 풀어 놓은 탓에 어느 사회복지사도 그들의 생활 환경이 어떤 상태인지 정확히 파악하기가 어렵다.

나는 사우스사이드에 친환경 일자리를 창출하려 노력하던 헌신적인 환경 운동가 두 명을 통해서 죽은 가지 연못을 알게 되었다. 운동가들은 범죄 조직과 연루된 폐기물 운반차가 죽은 가지 연못에 쓰레기를 불법 투기하고 있다는 사실을 고발한 뒤 생명의 위협을 받았다. 시카고 검사장은 그들이 실제로 살해될 경우에만 시 차원에서 수사할 수 있다고 말했다. 그래서 그 두 여성은 어쩔 수 없이 일을 포기하고 북부로 이주해야 했다. 이 역시 V. I.가 언젠가 붙들고 늘어져야 할 이야기였다.

V. I.는 예전에 살던 동네에서 두 번이나 죽을 뻔했는데, 한 번은 바로 죽은 가지 연못(『블러드 샷Blood Shot』, 1988)에서이고, 또 한 번은 시에서 매일 쓰레기를 만 톤씩 버리는 매립지에서였다(『파이어 세일Fire Sale』, 2005).

동남부의 또 한 가지 특이한 점은 도시의 고고학적 지층을 눈으로 볼 수 있다는 것이다. 가난에 찌든 이 지역의 도로와 보도는 여기저기 허물어져 있고, 시에서 보수에 나서는 데는 오랜 시간이 걸린다. 그 구멍들을 들여다보면 1.5미터 밑의 자갈을 볼 수 있다. 1세기 전의 매립지로도 아래에 깔린 습지를 완전히 메우지 못하자, 시에서는 그 위에다 이격을 두고서 새로운 도로를 건설했던 것이다. 사우스시카고는 원래의 하층토가 드러나 보이는 몇 안 되는 장소 중 하나다.

나는 기자들이 방문하면 사우스사이드로 데려가서 죽은 가지연못과 V. I.가 어렸을 때 살던 동네를 보여 주곤 했다. 하지만 최근에 사우스시카고는 시에서 가장 잔혹한 살인이 중점적으로 벌어지는 동네가 되었다. 젠트리피케이션에 자리를 내주느라고 도심 근처의 공공 주택 단지가 철거되자, 거주자들은 도시 동남쪽 변두리로 멀리 쫓겨났다. 그리고 길거리 갱이 새로 출현하며 동네가 불안해졌다. 2004년 내가 마지막으로 그 동네에 차를 타고 갔던 날, 험악한 깡패 한 무리가 우리 차를 둘러쌌다. 그 패거리 중 한 명의 형제와 아는 사이였던 우리 일행 하나가 그냥 보내 달라고 설득한 덕에 그나마 무사히 풀려날 수 있었다.

그날 나를 구해준 친구 데이브는 어떤 면에서 나를 끊임없이 부끄럽게 만드는 존재다. 거리의 용어로 말하자면, 행동으로 실천하지 않는 한 말로만 떠들어 봐야 소용없는 법이고, 데이브야말로 확실히 실천하는 사람이다. 그는 10년 동안 공장에서 일하며 투명한 노조 선거를 조직하려 힘썼고, 두들겨 맞아 죽을 뻔했고, FBI에게 감시당했으며, 레일 압연기 사고로 경추가 으스러졌다. US 스틸이 문을 닫았을 때, 데이브와 친구 한 명은 사우스시카고에 머물렀다. 두 사람은 종합적인 도급업을 시작했고, 장식용 철 세공을 전문으로 하며 주택과 사무실을 지었다. 그러면서 부수적으로, 조부모와 부모 세대가 일자리를 구하지 못하는 사우스시카고 가정의 청년을 대상으로 직업 훈련 프로그램도 꾸려 가고 있다. 데이브를 볼 때마다 집에 앉아 소설을 쓰고 있는 대신 거리로 나가 뭔가 해야만 한다는 것을 깨닫는다. 그럴수 없다면, 적어도 내 소설이 목소리와 힘이라는 문제, 그리고 목소리나 힘 둘 다 가지지 못한 사람들의 삶이라는 문제에서 너무 동떨어져서는 안 된다고 스스로 다짐한다.

나는 60년대에 극심한 향수를 느낀다. 채워지지 않는 허기 같은 향수다. 저 밖의 거리에서 이 시절은 미국 역사상 가장 추한 시기 중 하나였다. 인종 차별의 민낯이 전국에, 사실상 전 세계에 훤히 까발려졌다. 한편으로 법정과 백악관에서는 가장 숭고한 순간들을 만들어 내기도 했다.

미국 대통령은 대국민 연설에서 이 나라의 백인이 수세기에 걸쳐 흑인에게 끼친 위해에 대하여 이야기했다. "오랜 시간 동안 수모를 겪으며 흑인 가정들은 산산이 부서졌습니다." 린든 B. 존슨은 "수년 동안 사슬에 묶여 있던 사람을 데려와서…… 경주의 출발선에 세운 다음 '당신은 자유롭게 겨룰 수 있다'고 말하고서도, 그것이 완전히 공정한 처사였다고 당연하게 믿어서는 안 됩니다"라 말하며 소수 집단 우대 정책에 대한 지지를 촉구했다.

그리고 대통령은 기업 대표들에게 만성 실업으로 고통받는 십대를 위해 일자리를 만들라고 요구했다. 존슨은 그들에게 성 베드로가 곧 "네 부유함을 이용해 무슨 일을 했으며 이 위대한 정치 체제의 수혜자로서는 무슨 일을 했는지"[6] 물을 것이라고 말했다.

지금처럼 후원 기업들의 이익만을 챙기는 방향으로 뻔뻔하고 노골적으로 움직이면서 모든 연령대와 인종의 빈민에 대한 모든 책무는 저버린 정권—예컨대, 어린이와 퇴역 군인을 위한 연방

6 테일러 브랜치, 『가나안의 가장자리에서』, 232~3쪽.

의료 보험 혜택 삭감, 최저 임금 인상에 대한 논의 거부[7]—하에 살면, 절망을 느끼지 않을 수가 없다.

60년대 법무장관인 로버트 케네디와 니컬러스 카첸바흐는 법무부 차원에서 총력을 기울여 투표 권리법과 1964년 공민권법을 시행하려 했다. 새 천년의 법무장관 존 애슈크로프트와 알베르토 곤잘레스는 권리 장전을 무효화하고 인신 보호 영장의 권리를 박탈하는 법안을 짜내고 시행했다. 곤잘레스는 우리 정부 정책의 한 방편으로서 고문을 옹호하는 법적 견해서를 작성했다.

1966년 시카고 사우스사이드에서 폭동을 일으켰던 성난 백인 주민들은 떼 지어 서쪽 교외로 달아났다. 거기서 그들은 과거 데일리의 조직 못지않게 강력하고 난폭한 공화당 조직을 세웠다. 오늘날 그들은 국회에서 가장 반동적인 공화당 의원을 다수 선출하고 있다.

현 정권은 존슨 대통령이 직장 내 차별 문제에 대처하기 위해 마련했던 고용 평등 기회 위원회의 핵심을 파괴했다. 현직 대통

7 새로 선출된 민주당 의회에서 10년 만에 처음으로 최저 임금 인상을 가결했다. 2007년 1월에 내가 썼듯이, 부시는 이 법안에 거부권을 행사하겠다고 위협하고 있다.

령은 밥 먹듯이 노조 결성을 방해하는 노동 운동 반대 세력을 노동 위원회에 채워 넣었다.

현 대통령은 겉모습만 바꾼 옛 인종 차별주의자 잔당들에 힘입어 집권했다. 부시 2세는 첫 번째 대선 유세 당시, 인종 간 결혼에 공공연히 반대하는 밥 존스 대학의 총장을 포용한 바 있다. 오늘날 공화당의 우파 기독교 기반은 60년대 분리주의자들로부터 고스란히 이어진 것이다.

도덕적 다수파Moral Majority, 미국의 보수 기독교 정치 단체의 대표인 제리 폴웰은 분리주의 기독교 학교를 운영하며 공적 영역에 진출했다. 학교의 인종 차별을 철폐하기 위해 격렬한 싸움이 벌어지던 1956년부터 1964년 사이, 앨라배마, 버지니아, 루이지애나 같은 일부 주에서는 차별을 철폐하는 대신 모든 공립학교를 폐쇄했다. 그 뒤 폴웰을 위시해 몇몇 영악한 사람들은 백인 전용 학교를 열자는 생각을 해 냈다. 뭔가 다른 것, 즉 '기독교 사립학교'인 양하면서 말이다.

시카고에서 버밍햄에 이르기까지 길바닥으로 쏟아 부어졌던 해묵은 혐오는 진정되었고, 경우에 따라서는 사라지기도 했지만, 어떤 지역에서는 새로운 혐오의 집합체―반동성애, 반여성, 표독스러운 자국민 우선주의 등―를 형성하며 이름만 새롭게 붙였을 뿐이다.

60년대와 70년대 초반 이런 종류의 혐오에 맞닥뜨렸던 나날, 우리는 거리로 나가 시위를 하고 변화를 일궈 내기 위해 조직적으로 단결했다. 오늘날에는 누군가 나서서 변화를 이루려 단결하는 조짐이 거의 보이지 않는다. 이라크 전쟁, 테러의 위협, 환경 파괴, 여성 권리의 말살, 실업, 장기간에 걸친 실질 임금 감소, 또한 연방 빈곤 퇴치 프로그램의 파괴까지, 이러한 문제들에 사람들이 중압감을 느끼는지조차 모르겠다. 그러니 어디서부터 어떻게 시작해야 할지도 알 수가 없다. 어쩌면 바깥세상을 망각하게 만드는 휴대폰과 아이팟이라는 자아도취적 고치에 사람들이 폭 감싸여 있어서인지도 모르겠다.

내 친구이자 소설가인 밸러리 윌슨 웨슬리는 우리가 더 나쁜 상황도 이겨 냈다고 말한다. 그 말이 옳다. 우리는 노예제를 이겨 냈고, 드레드 스콧 사건1848년 미주리주의 노예였던 드레드 스콧이 노예 금지 지역인 일리노이주로 이주하게 되자, 자신이 자유민임을 주장하며 제기한 소송. '노예는 미국 시민권자로 볼 수 없다'는 이유로 그가 패소하며 대중의 분노를 불러왔고, 남북 전쟁의 도화선 중 하나가 되었다과 태니 대법원 시절드레드 스콧 패소 판결을 내린 로저 태니가 대법원장으로 재임했던 시기(1836~1864)도 이겨 냈으며, 린치를 자행하는 폭도와 뒷골목의 불법 낙태 시술, 여성 참정권이 없는 시대, 투표세 부과, 그리고 매카시조지프 매카시(1908~1957). 공화당 상원의원을 지냈으며, 비미 활동 위원회 위원장으로서 극렬한 반공 선풍을 일으켰다와

비미 활동 위원회1938년 미국 내 파시스트와 공산주의자의 활동을 조사하기 위해 임시로 창설된 미국 하원 산하의 위원회. 1945년 상설 위원회가 되어 공산주의자 혐의를 받는 이들을 집중적으로 조사하였다의 광풍도 이겨 냈다. 우리는 새뮤얼 얼리토의 대법원도, 애슈크로프트와 곤잘레스의 법무부도, 또 그에 따르는 모든 해악도 틀림없이 이겨 낼 수 있다.

나는 지쳤고, V. I.도 지쳤다. 하지만 우리는 둘 다 다시금 말에 올라타고 오를레앙 포위백년 전쟁 당시 잔 다르크는 영국군에게 포위되어 있던 오를레앙을 탈환했다를 뚫으러 나서야만 한다.

3장

천사도 괴물도 아니요,
그저 사람

천사도 괴물도 아니요, 그저 사람

룸메이트가 11시까지도 돌아오지 않았을 때, 나는 지역 병원들에 전화를 걸기 시작했다. 그러다 마침내 컬럼비아 대학교 부속인 뉴욕 장로교 병원에서 그녀를 찾았다. 룸메이트는 출혈 과다로 쇠약해진 채 우리 아파트에서 몇 블록 떨어진 보도에 쓰러져 있었는데, 착한 사마리아인 몇 명이 구급차를 불러 주었던 것이다.

때는 1970년 6월이었다. 당시 내가 비서로 일하며 머물던 뉴욕에서는 임신 중단을 합법화하는 법을 통과시켰는데, 앞으로 6주 더 지나야 시행될 예정이었다. 임신한 룸메이트는 6주를 더 기다릴 수가 없었다. 룸메이트를 임신시킨 사람은 기혼인 정치인이었으나 이젠 나 몰라라 하고 있었고, 그녀는 경제적으로도 감정적으로도 임신과 출산을 감당할 방도가 없었다.

나는 룸메이트가 찾아낸 돌팔이 낙태 시술자한테 함께 가 주겠다고 말했지만 우리는 친구지간이 아니었다. 나는 그녀가 낸 룸메이트 구인 광고를 보고 와서 머물게 됐을 뿐, 그저 타인이었으니. 룸메이트는 혼자 가는 게 낫다고 생각했고, 그렇게 거의 죽을 뻔했을 때도 혼자였다.

그해 여름 나는 문필계에 취직할 수 있기를 바라며 뉴욕으로 갔다. 꼭대기층 다락방에서 지내며 놀라운 소설을 써내리라는 환상은 품고 있지 않았다. 뉴욕에서는 1970년 당시에도 초라한 다락방에 들어가는 것조차 만만치 않은 돈이 들었던 데다, 소설을 쓴다는 건 상상도 할 수 없었기 때문이다. 스스로도 인지하고 있었다시피, 나는 명민하게 언어를 구사하며 다른 사람들이 좋아할 만한 이야기를 쓸 줄 알았다. 하지만 내가 자라난 환경에서 소설이란 나보다 더 똑똑하고, 더 재미있고, 더 창의적인—그리고 더 남자다운—사람들의 전유물이었다.

나는 문필계에 철저히 무지했다. 《뉴요커》나 《뉴욕》, 《하퍼스》, 혹은 일간지나 뉴욕에서 발행되는 수천 가지 잡지와 신문 어디에든, 발표되지 않은 내 역사 에세이나 단편 소설—정말 멋진 포트폴리오군!—을 견본 삼아 보여 줄 수 있을 거라고, 그리고 그쪽에서 아주 보잘것없는 일이라도 맡겨 주리라고 생각했던 것이다. 그때 나는 좋은 저널리즘이 좋은 소설만큼이나 까다로운 일이란 점을 깨닫지 못했다. 그저 신속하게 작업물을 넘기며 영리하게 말을 고르면 된다고, 그런 건 내가 잘할 수 있다고만 생각했다.

아르바이트로 번 돈과 친구한테서 빌린 돈을 다 긁어모아 2백 달러를 손에 쥐고 차례차례 문을 두드리고 다녔지만 어느 한 군데도 문턱을 넘을 수가 없었다. 내게는 연줄이 없었다. 나는 너무도 무지하여 그런 장소에 들어가려면 보증인이 필요하다는 사실을 몰랐다. 그리고 만약 알았다 하더라도, 보증인을 찾을 방법을 알 길이 없었으리라. 내 기량이 그때든 지금이든 저널리즘에 알맞지 않을지도 모른다. 하지만 나는 실력을 평가받을 수 있을 만큼 그 과정에 깊이 발을 들여 본 적이 없다. 면접까지 간 곳은 《타임》뿐이었는데, 내게 경리부의 타이피스트 자리를 제안했다.

내가 스물세 살이던 시절엔 뉴욕에서 2백 달러로 두어 주 동안 살 수 있었다. 하지만 짧은 유예 기간이 끝나 가면서 앞으로 어떻게 먹고살지 더럭 겁이 나기 시작했기에, 나는 운명의 뜻을 따라 비서로 취직했다. 그리고 직장을 통해서 룸메이트를 구했다.

룸메이트가 퇴원한 뒤 몇 주 만에 우리는 각자의 길로 갈라졌다. 오랜 세월이 흘러 이제는 그녀의 이름도 기억나지 않는다. 그때 그녀는 컬럼비아 대학교의 언론 대학원에 입학하여 기숙사로 이사했다. 나는 새 룸메이트와 살며 비서 일을 계속해 나갔다.

하지만 그해 가을 시카고로 돌아간 뒤부터는 재생산권 문제재생산권 또는 생식권이란 개인의 신체적, 성적 자기 결정권으로서 임신, 출산, 양육 등 생식 활동에 관한 포괄적인 권리를 뜻한다. 1979년 UN 34차 총회에서 '여성에 대한 모든 형태의 차별 철폐에 관한 협약'을 공식 채택하면서 재생산권이 논의되기 시작했다에 적극적으로 뛰어들게 되었다. 나는 문제적인 임신에 관한 성직자 자문 협의회 대표인 E. 스펜서 파슨스 목사와 훈련했고, 여성 해방 운동의 일원으로 활발히 활동해 나갔다.

중서부로 돌아온 나는 19세기 미국 기독교 근본주의의 뿌리에 대해 쓰다가 만 논문도 다시 붙들었다.[1] 한편으로는 생계를 유지하기 위해 작은 회사에 취직했다. 닉슨 대통령이 소수 집단 우대 정책에 내린 행정 명령을 어떻게 시행할 것인지에 대한 회의를 개최하는 곳이었다. 그리고 여가 시간에는 범죄 소설을 읽었다.

---

1 1977년 나는 마침내 박사 학위를 받았다. 바버라 핌은 『결코 천사가 아닌Less than Angels』(플룸, 1990)에서 논문이란 노쇠해져서 지속적인 돌봄이 필요한 친척과 같다고 규정했는데, 나는 이제껏 이만큼 탁월한 표현을 본 적이 없다.

어머니는 열광적인 미스터리 소설 팬이었다. 십 대 시절 나는 어머니가 도서관에서 빌려 온 책들을 읽기 시작했다. 그중엔 도러시 솔즈베리 데이비스—놀랍고도 기쁜 일인데, 오랜 세월이 지나 나의 멘토이자 좋은 친구가 된 작가—나, 네로 울프라는 캐릭터를 만들어 낸 렉스 스타우트 등의 작품도 있었다. 스타우트는 1890년대에 내가 자란 곳과 같은 캔자스 지역에서 성장하며, 내 모교인 코 밸리 95교육구과 13킬로미터쯤 떨어진 한 학급짜리 학교에 다녔다. (내가 야구부에서 뛰던 때, 스타우트의 모교 와카루사 6교육구는 항상 코 밸리를 사정없이 쳐부웠다.)

1971년 1월 내내, 청교도주의에 대한 크나펜의 저작, 노예제와 남북 전쟁 이후 재건 시대에 대한 우드워드와 프랭클린의 저작을 읽어야 했던 시기에, 나는 대학 도서관 서고에 앉아 살인에 대한 앨링햄, 래선, 블레이크의 저작을 읽었다. 그때 나의 은밀한 비행을 눈치챈 학우가 레이먼드 챈들러를 읽으라고 말해 주었다.

그 뒤 챈들러의 첫 장편 소설인 『빅 슬립』부터 읽기 시작해 『기나긴 이별』까지 독파했고, 틈틈이 단편 소설들을 읽어 내려갔다. 내가 가장 좋아하는 챈들러의 작품은 변함없이 「붉은 바람」이라는 단편이다. 나는 챈들러를 통해서 누아르 소설의 주요 요소를 접했다. 주변 세상에서 엉망진창으로 꼬여 가는 모든 일의

원흉인 여성, 성적으로—아주—왕성한 여성 말이다.

이러한 팜므파탈의 시초는 『빅 슬립』의 카멘 스턴우드다. 스턴우드가 처음 등장하는 장면은 자기 아버지의 저택 현관에서 필립 말로와 만나는 부분이다. 그녀는 내가 아는 모든 여자들이 낯선 남자에게 인사할 때 응당 취하는 방식으로 필립에게 인사를 건넨다.

그녀는 발을 들지도 않고 천천히 나긋나긋하게 몸을 돌렸다. 두 손은 양옆으로 축 늘어뜨렸다. 발끝으로 선 몸이 내게로 기우뚱했다. 그러더니 곧장 내 품을 향해 뒤로 쓰러졌다. 붙잡아 주든지 쪽매널 마룻바닥에 머리를 쩧게 놔두든지 둘 중 하나였다. 내가 몸을 떠받치자마자 그녀는 바로 다리에 힘이 풀려 버렸다. 그녀를 받쳐 주려면 꽉 끌어안는 수밖에 없었다. 내 가슴에 머리가 닿자 그녀는 고개 돌려 나를 보며 키득키득 웃었다.

이런 술수를 실제로 쓸 수 있다면, 서커스 곡예사로서 좋은 직장을 잡을 수 있을 터이다. 발끝으로 서서 앞으로 기우뚱하다가 뒤로 쓰러진다니, 나로서는 중간에 뭘 어째야 할지 도무지 모르겠는데 말이다.

이 복잡한—살인 사건이 워낙 많이 벌어지다 보니 영화로 각색하는 동안 챈들러도 시체 한 구가 어쩌다 죽었는지 설명하지 못했다는 일화로 널리 알려진—소설의 결말부에 이르면, 카멘이 분명 살인자 중 한 명이긴 하지만 소설 속에서 일어난 살인 대부분은 카멘의 성적 매력 때문에 이성의 끈을 놓쳐 버린 남자들이 저질렀다는 사실이 밝혀진다.

그해 겨울 나는 많은 시간 카멘에 대해 생각하며, 또 뉴욕에서 거의 죽을 고비를 넘겼던 룸메이트를 생각하며 보냈다. 그렇다, 『빅 슬립』은 소설이고, 허구다. 널리 칭송받는 『기적의 게임』, 체코 반체제 인사인 요세프 슈크보레츠키의 소설 역시 그렇다. 이 소설에서 체코 정부의 부패와 1968년 '프라하의 봄'의 좌절은 모두 성적 매력이 넘치는 여학생의 이중성 때문에 일어났다. 그 여학생은 비밀경찰 밑에서 일하며, 자기 학교 교수나 동료 여럿과 섹스를 하고는 모두 비밀경찰에 팔아넘겼다. 갓 획득해 아직 성능을 시험해 본 적도 없는 성적 능력을 이용해 아담에게 선악과를 먹이는 이브의 이야기도 마찬가지다. 남자들이 지어낸 이 모든 이야기는 나를 규정하고, 종잇장에 가두고, 삶의 변두리 한구석에 몰아넣으려 설계된 것이었다.

그해 겨울 수많은 책과 대개의 영화와 셀 수 없는 광고가, 또 역사가, 가족이, 심지어 시카고 대학 역사학과조차 넌지시, 내가 오로지 몸뚱이로만 존재한다는 이야기를 거듭거듭 들려주고 있다는 것을 조금씩 이해하게 되었다. 내 몸뚱이를 이용해 착한 남자애들이 나쁜 짓들을 하게끔 조종하는 게 나의 천성이라는 이야기. 만약 남자를 꾀는 데 성공한다면, 몸뚱이로만 존재한다는 죄를 마땅히 처벌하는 의미로 임신을 하게 되리라는 이야기. 만약 임신을 중단하기로 결정한다면, 내게 내려진 응보를 회피하는 셈이니 죽어야만 한다는 이야기. 그 시절 영화와 소설에서는, 젊은 여자가 낙태를 했다면 필시 죽어야만 했다. 벤 가자라 주연의 〈죽기 살기로 뛰어라〉 시리즈 속 가슴 아픈 에피소드도 마찬가지 경우였다. 내 기억이 틀리지 않는다면 그 여자는 가자라의 품 안에서 죽는다. 그다음에 가자라는 극악하고 몰인정한 낙태 시술 의사를 징벌한다.

내가 박사 과정을 시작했던 때, 유럽 분야 위원회장은 입학생들 앞에서 여자는 암기도 하고 앵무새처럼 되풀이할 수도 있지만, 독창적인 성과를 일궈 낼 수는 없다고 말했다. 그는 서구 문명의 역사에 여성들의 업적은 전혀 포함시키지 않았다.[2]

1968년 가을 나를 포함하여 열세 명의 여성이 미국 역사 과정

2 『서구의 부흥Rise of the West』의 초판은 초기 농업에 여성의 공이 크다고 보았지만, 내가 대학원에 다닐 무렵엔 그 같은 견해가 빠져 있었다.

을 시작했다. 2년째에도 학교에 남은 사람은 나 혼자뿐이었는데, 그건 내가 더 훌륭하거나 명민한 학생이어서가 아니라 나머지 열두 명의 여성이 다들 학과의 집요한 미소지니misogyny, 사회나 개개인이 여성에 대한 타자화를 당연시하여 여성을 비하하고 차별하거나 성적 대상으로 취급하는 행태를 포괄하는 개념. 국내에서 '여성 혐오'로 굳어졌으나 여성 객체화나 여성 멸시에 더 가깝다를 참고 견디느니 그 시간에 할 만한 다른 일을 찾아냈기 때문이다. 나는 단지 다른 일을 알아보기엔 너무 혼란스럽고 의기소침했을 따름이다. 게다가 나도 형제들만큼이나 똑똑하다는 걸 아버지에게 증명해 보이려 안간힘 쓰는 중이기도 했다.

제2세대 페미니즘은 70년대 초반 하나의 운동으로 인정받기 시작했다. 여성들은 이러한 사안 전반에 대해 생각하고, 여성에게 씌워진 문화적 규범과 압력과 정의에 대해 조금씩 조리 있게 표현하고 있었다. 로빈 모건, 티-그레이스 앳킨슨, 글로리아 스타이넘 등은 모두 힘, 무력함, 시몬 드 보부아르가 '타자'라 명명한 것과 같은 존재의 다양한 측면에 대해 이야기했다. 그리고 이들은 내게 말을 건넸다.

챈들러의 카멘 스턴우드를 보며 여성의 권리란 게 존재한다고 믿을 순 없었다. 나는 열아홉 살 때부터 여권과 관련된 영역에 발을 담그고 있었고, 캔자스 대학에 처음 생긴 여성 지위 위원회의장을 맡았다. 뉴욕에서 일하던 1970년 8월에는 역사적인 파업과 5번가를 따라 이어진 여성 평등 요구 행진에 참여했다. 짜릿하고 속 시원한 오후였지만, 남성 전용 클럽을 지나며 3층 창문에서 우릴 빤히 내다보는 남자들과 눈이 마주쳤던 장면이 하나의 잔상으로 남아 있다. 그 남자들은 술기운이 올라 얼굴이 벌게져서 우릴 내려다보며 비웃고 있었다.

나는 원래 평등을 믿어 온 사람이었지만, 1971년 겨울에 본격적으로 페미니스트가 되었다. 그리고 나 자신의 무력함―가부장적인 가정에서, 또한 가부장적인 역사학과에서 느끼는 개인적인 무력함―과 사회가 모든 여성에게 골고루 선사해 준 무력함에 분노하게 되었다.

그 겨울 나는, 내 존재가 섹슈얼리티로 규정되는 것을 거부했고, 정부, 교회, 그 밖에도 남성 권력의 여러 화신들이 내 몸을 통제하는 것을 거부했고, 직장―남자들이 복도에서 쫓아오며 휘파람을 불고 "여어, 쌔끈한데"라 말하는 건 그들의 일터에 끼어든 여성들이 오늘날에도 여전히 사물함 속의 죽은 쥐나 지저분한 탐폰과 맞닥뜨려야 하는 상황에 비하면 대수롭지 않은 희롱이었다―이나 학교에서의 끊임없는 희롱을 거부했다(한 친구는 세인트루이스의 워싱턴 대학에 들어가 수업 첫날 겪은 일을 얘기해 주었다. 강사는 강의실 안의 모든 여성에게 다리를 꼬아 달

라고 요구했다. 학생들이 어리둥절해하며 다리를 꼬자, 그 남자
는 말했다. "좋습니다. 이제 지옥문이 전부 닫혔으니, 진도를 나
갈 수 있겠군요.").

70년대는 용감한 여성들이 위험을 무릅썼던 시대였다. 남부
상원 의원들은 1964년 공민권법에 여성 차별에 대한 내용을 추
가했다. 그렇게 하면 혹시 법안이 우스꽝스러워져 의회에서 부
결되지 않을까 하는 바람을 품었던 것이다. 사실, 공민권법 7장
을 내놓은 남자들이 사용한 언어, 구체적으로 여성에 대한 차별
을 금지하는 부분은 외설적인 암시와 여성에 대한 신물 나는 구
닥다리 농담으로 가득했다. 이에 격분한 여성 의원들은 그때까
진 공민권법에 반대해 왔다고 하더라도 이 법안을 통과시키기
위해 당과 이념적인 노선마저 박차고 나왔다.

하원 의원 마사 그리피스가 열성적으로 이끌어 간 덕에, 그
법안은 여성들의 이빨이 되어 주었다. 덕분에 오랫동안 이어져
내려 온 병폐들이 시정되기 시작했다. 보수가 나은 기술직이나
엔지니어 같은 일자리에 여성이 진입하지 못하게 차단했다는 이
유로 AT&T를 고소하고, 잡지사에 가서 더 공정한 보도와 더 나
은 일자리에 진입할 수 있는 권리를 요구하며 농성하고, 피임법
을 접할 권리를 위해 단체를 조직하고, 자기 명의로 대출을 받을
수 있는 권리를 위해 단체를 조직하고, 임신한 여성을 직장에서

쫓아내도록 허용하는 법을 폐지하기 위해 단체를 조직하고, 여성의 임금 격차를 해소하기 위해 노력하게 된 것이다.

1830년대 미국 여성은 남성 임금의 12퍼센트 정도를 받고 일했다. 1977년에는 59.5퍼센트까지 올랐으니 3년에 1페니씩 상승한 셈이다. 그나마 2000년에는 79퍼센트까지 격차를 좁혔는데, 최근 몇 년 동안은 오히려 처지가 악화되었다.[3]

이러한 임금 인상은 쉽사리 얻어진 게 아니다. 여기에는 숱한 소송과 단체 행동, 그리고 많은 용기가 필요했다. AT&T를 상대로 집단 소송을 시작해 승소한 여성 네 명은 소송을 제기했다는 이유로 해고당했고, 그 뒤로 수년 동안 직장을 구할 수 없었다. 여성 지위를 향상시키려 노력한 사람들은 거의 모두 심각한 괴롭힘을 겪어야 했다.

강간에 대해 공개적으로 밝히는 자리는 1971년 처음 마련되었다. 젊은 시절 우리는 "강간을 피할 수 없는 상황이라면 긴장을 풀고 즐겨라"라는 말을 자주 들었다. 보통 이 구호는 불가피하

---

3 현재 미국 여성은 평균적으로 남성 임금의 76퍼센트를 받는다. 고임금 전문직 분야에서는 82퍼센트까지 아찔하게 치솟는다. 이 수치는 인종이나 직업을 통틀어 모든 정규직 노동자의 평균 임금을 통계 낸 것이다. www.equalpay.info 참조.

며 살짝 유쾌하지 못한 상황에 대처하는 방법을 제시하는 데 쓰였지만, 여성들이 내심 성폭력을 원한다는 암시를 내포하고 있었다.

강간 사건 재판에서 흔히 통용되고 잘 먹히는 변호는 여성이 강간에 대한 환상을 가지고 있다는 주장이었다. 현대 정신 의학에 따르면 이 환상이란 곧 강간당하고 싶어 한다는 의미이며, 이를 충족시키기 위해 여성이 강간범 앞에 자신을 노출시킨다는 것이다. 이러한 사고방식 때문에 많은 여성들은 무엇이 자신의 공포이고 욕구인지, 혹은 자신에게 강요된 것인지 구별하기 어려워졌다. 70년대에 여성들은 이와 같은 제일 어려운 문제들을 서로 도와 해결할 수 있도록 성폭력 위기 대응 센터와 가정 폭력 상담 센터를 조직하기 시작했다.

내 경우에는, 범죄 소설을 쓰고 싶었다. 나는 문학과 사회에서 여성을 바라보는 지배적인 관점을 뒤엎어 버리는 여성 주인공을 창조하고 싶었다. 책을 읽으면 읽을수록 여성의 도덕성은 섹슈얼리티에 의해 결정된다는 점을 여실히 깨닫게 되었다. 즉, 순결한 여성은 선하지만 무력하고 행동력이 없었다. 성 경험이 있는 여성이라면, 행동에 나설 수는 있지만 오로지 악행만을 저지를 수 있었다.

영국 범죄 소설을 보면 과부나 이혼녀는 독자에게나 다른 등장인물들에게나 성적으로 접근하기 용이하다는 신호와도 같았다. 그 여자는 주된 악당은 아닐지도 모르지만 필연적으로 간사할 테다. 여성은 요부나 처녀가 될 수 있고, 아니면 희생자가 되는 일도 아주 흔하지만, 유능한 문제 해결사가 될 수는 없었다.[4]

한 마디로, 여성이란 코번트리 팻모어의 '집 안의 천사'[5]가 되거나 괴물이 될 수는 있었지만, 인간이 될 수는 없었던 것이다.

70년대에 나는 아주 많이 읽고 생각했지만 여전히 백일몽의 세계 속에 살고 있었다. 다 완성되어 출간된 책을 손에 쥔 모습을 그려 볼 수는 있어도 실제로 내가 소설을 쓴다는 건 상상할 수가 없었다.

70년대를 보내는 동안 몹시 거친 사설탐정이자 줄담배를 피우고 싸구려 독주를 퍼 마시는 외톨이인 미네르바 대니얼스 이야기를 몇 장 끄적거리기도 했다. 어깨가 떡 벌어지고 엉덩이는 날씬하며 가명을 사용하는 남자가 미네르바의 인생에 들어오는데, 실은 그가 중심 악당이라는 점이 밝혀지게 되는 이야기였

4 몇 가지 예외도 존재했는데, 특히 니컬러스 블레이크의 『칼을 들고 웃는 자 The Smiler with the Knife』속 조지아 스트레인지웨이스는 여성스러운 동시에 유능한 중심인물로 그려진다.
5 천사에 대한 상세 설명은 1장을 참조하라.

다. 패러디에는 공이 많이 들어가며 내 감각과는 잘 맞지도 않기에, 미네르바는 그리 큰 진전이 없었다. 내게는 좀 더 현실 세계에 입각한 인물이 필요했다. 또한 여성 의식 함양 단체에서 얻을 수 있는 것보다 더 많은 자신감도 필요했다.

CNA 보험에서 매니저로 일하던 삼십 대 중반이 되어서야 나는 드디어 자리에 앉아, 머릿속으로만 생각하던 이야기들을 장편 소설로 풀어냈다. 첫 번째 소설 『제한 보상』을 쓰기 시작했을 때는 천사나 괴물이 아니라 한 사람인 여성을 만들어 내려 심혈을 기울였다. 하지만 긍정적인 방식으로 여성 주인공이 되는 게 어떤 의미인지는 고려하지 않았다. 탐정을 어떤 인물로 만들기 **싫은지는** 인지하고 있었지만, 어떤 인물**이어야 하는지는** 알 수 없었다. 그 결과, 여성 탐정이 어떤 특별한 역할을 해낼 수 있을지 생각해 보는 대신 주인공을 하드보일드 형식의 전형적인—고아에, 스미스 앤드 웨슨 권총을 차고, 위스키를 마시는—인물로 표현했다.

애초부터 의식적으로 고민하던 탐정 캐릭터의 한 측면은 그녀의 섹슈얼리티와 소설 속에서 섹스가 차지하는 기능이었다. 여성과 어린이를 고문하는 연쇄 살인범이나 역시 여성과 어린이를 먹잇감으로 노리는 강간범이 오늘날 소설에서는 엄청나게 큰—그리고 엄청나게 수입이 짭짤한 건 말할 것도 없고 엄청나게 자극적인—역할을 한다. 나는 섹스를 이용해 등장인물이나 독자를 착취하지 않기로 맹세했다. 또한 나는 주인공 V. I.를 성적인 존재인 동시에 도덕적인 사람으로 만들고자 했다. 현대 미스터리물에서 직업이 있는 비혼 여성은 부도덕한 성욕을 지녔으며 결국 죽어야만 하는 경우가 너무도 흔하다. 이는 『무죄추정1987년 발표된 스콧 터로의 법정 스릴러』의 캐럴린 폴히머스나 〈위험한 정사1987년 제작된 에이드리언 라인 감독의 영화〉의 앨릭스 포러스트에게도 똑같이 적용된다. 또 다른 경우, 여성은 부도덕하지는 않을지언정 밑 빠진 독과 같은 욕구를 지니기도 한다.

V. I.는 가끔 감정에 휩쓸려서 판단력이 흐려진다. 남성과 여성 모두에게 이는 어쩔 수 없는 현실이다. V. I.에게는 연인들이 생기지만, 명료한 도덕적 판단을 내리고 그에 따라 행동하는 데 그녀의 섹슈얼리티가 걸림돌이 되진 않는다. V. I.는 완전무결한 사람이 아니다. 단지, 남자들에게 행동하고, 움직이고, 결정을 내리고, 사랑에 빠지고, 성을 경험하고, 심지어 잘못 생각할 자유가 있듯, V. I. 역시 똑같은 자유를 가진 성인일 뿐이다. 이 모든 행동 중 어느 것도 그녀를 괴물로 만드는 일 없이.

1973년 1월 22일, 연방 대법원은 '로 대 웨이드' 재판에서 "아이를 낳아 아버지나 어머니가 될지를 결정하는 것과 같이 한 사람에게 아주 근본적으로 영향을 미치는 문제들에 대하여 정부의 부당한 간섭을 받지 않을 개인의 권리"는 수정 헌법 14조에 의거해 보호된다고 판결했다.[6] 약 30초 사이에 미국 전역의 여성들은 완전한 성인으로서의 권리를 획득했다. 이제 여성들은 어느 인간이든 직면하는 가장 중대한 결정, 즉 언제 부모가 될지, 혹은 부모가 될지 말지에 대해 어떻게 결정 내리든 자기 아버지나 애인, 법원, 교회로 가장한 대리부들에게 해명할 필요가 없었다.

그 뒤로 30년 동안 여성 운동이 경제적 형평성, 보육, 빈곤, 복지 문제들을 지속적으로 다루었지만, 여성을 성인으로 인정하는 일의 초석은 여성이 자기 생식 능력을 스스로 통제할 수 있는 권리를 인정하는 것이다.

고대 수메르 문명까지 거슬러 올라가, 기록된 역사를 통틀어서 여성이란 일단 아버지의 소유물이었다가, 그다음엔 남편이나 형제들의 소유물이 되었다. 여성을 소유한다는 문제의 가장

---

6 이 판결은 임부가 위험한 상태이거나 강간으로 임신했거나 태아에게 심각한 기형/결함이 있는 경우인 '도 대 볼턴' 판결과 나란히 내려졌다. '로'나 '도' 모두 우파 기독교가 주장한 것처럼 '전면적인 임신 중단권'이 허용된 것은 아니다. 두 건 모두 임신에 관해 국가가 지대한 영향력을 행사하도록 허용했고, 블랙먼 판사는 구체적으로 의사가 여성을 대신해 도덕적 대리인 역할을 맡도록 허용했다.

중요한 측면은 여성의 섹슈얼리티에 대한 소유권, 혹은 지배권이었다. 남성은 여성의 섹슈얼리티를 지배함으로써 여성의 생식 능력을 효과적으로 통제할 수 있게 되었다. 그렇게 여성은 어머니다움이라는 요구에 종속되었고, 상대의 요구에 따라 성적으로 이용 가능한 존재가 되었다. 이러한 지배는 여성의 섹슈얼리티를 악마화함으로써 신학적 기반을 확보했다. 여자들은 통제를 받아 마땅했다. 그러지 않는다면 우리의 성적 충동이 남자들을 파멸시키고 말 것이다. 이브가 아담에게 했던 짓과 똑같이.

여성이 자기 몸을 통제할 수 있고, 임신을 섹스에 따르는 '징벌'로 기꺼이 받아들이지 않을지도 모른다는 생각은 일부 사람들에게 참을 수 없이 불쾌했기에, 그들은 법원 판결이 선고되기도 전에 '로' 판결을 번복하고 피임과 낙태를 불법화하기 위해 결집하기 시작했다. 70년대에 나는 일리노이의 전국 낙태권 행동 연맹에서 위원으로 일했다. 광적인 낙태 반대자들이 우리 회의장 앞에서 피켓 시위를 했다.

그 무리는 병원을 공격하고, 의사를 살해하고, 간호사와 환자를 폭행하기 시작했다. 한번은 클리블랜드 병원에 들어가 여성 간호사 한 명에게 휘발유를 붓고 불을 지르기도 했다. 이로 인해 피해자는 심각한 부상을 입었고 수술 준비를 마치고 기다리던 환자들도 겁에 질렸다. 그자들은 버펄로, 밴쿠버, 펜서콜라에서

의사를 연이어 암살했고, 캔자스에서 의사 한 명을 추가로 살해했다. '로' 판결이 선고된 이후 병원과 그 직원을 노린 테러 행위가 다 합쳐서 거의 6천 건 발생했다. 한밤중에 전화를 걸어 역겨운 음담패설을 하거나, 낙태 시술을 받은 사람들을 스토킹하거나, 협박 편지를 보내거나, 그 밖의 여러 위협들을 포함하여 환자들을 대상으로 한 수십만 건의 테러는 이 계산에 넣지도 않았다.

이러한 혐오는 여성, 섹스, 임신에 대한 왜곡된 사고와 밀접한 관련을 맺고 있다. 열성적인 낙태 반대론자가 불법 낙태 시술로 사망하는 여성들을 두고 '응분의 벌을 받는 것'이라 말하는 장면을 대체 몇 번이나 목도했는지 모르겠다.

2004년 4월 '여성의 생명을 위한 행진'에 참여했을 때의 일이다. 알고 보니 소수의 열혈 낙태 반대론자들이 워싱턴으로 행진하던 110만 명의 여성과 남성을 괴롭히려고 기다리고 있었다. 그들은 "이세벨_{이스라엘의 7대 왕 아합의 아내로, 『구약 성경』에 따르면 바알을 숭배하며 악행을 저지르다 여호와의 예언자인 엘리야와의 대결에서 패하였다고 전한다}들아, 너희는 반드시 지옥으로 가리라"나 "원래 너희 자리인 침실과 부엌으로 돌아가라"라고 적힌 표지판을 들고 있었다. 심지어 바넷 슬레피언 박사를 포함해 세 의사가 살해된 것을 기념하며 "코프_{낙태 시술을 한 의사 바넷 슬레피언을 살해한 낙태 반대론자}가 펑 쏘니 바넷이 꽉, 할렐루야"라 적어 놓기까지 했다. 폭스든 CNN이든 뉴욕 타임스든 전부 행진 자체보다 이 3백 명의 시위꾼을 더 부각시켜 보도했다. 그러나 이 매체들 어디에서도 낙태 반대론자들의 혐오로 도배된 포스터들을 찍어 보도하지 않았다.

처음엔 로널드 레이건과 부시 1세, 이제는 부시 2세와 그 행정부에서 지명한 극단주의자들의 전폭적인 지원으로, FBI와 연방 사법부는 이러한 위협을 무시하거나 적극적으로 테러리스트들을 후원했다. 1995년, 레이건이 임명한 뉴욕의 존 스프리조판사는 병원을 봉쇄한 혐의로 체포된 두 남성에게 유죄 확정을 내리길 거부했다. 종교적 신념으로 행한 일이라는 이유에서였다. 많은 비용을 들여 4년이나 항고한 끝에, 병원은 결국 대법원에서 스프리조의 판결을 뒤집는 결과를 얻어 냈다. 그동안 그 두 남성은 자유롭게 돌아다니며 다른 병원에 테러 행위를 계속 저지를 수 있었다. 다른 수많은 병원들도 각자 알아서 테러리스트와 싸워야만 한다. 정부의 지원 없이, 각개 격파로.

레이건과 부시 부자는 매년 1월 22일1973년 1월 22일 '로 대 웨이드' 판결이 내려졌다 낙태 반대론자들 앞에 연설을 하러 나왔다. 병원 및 여성 단체들이 제시한 강력한 증거에도 불구하고, 그들은 FBI나 미국 교사 연맹이 이 전국적인 테러 조직망을 조사할 수 있게 허가해 주지 않았다. 국제 인구 회의에 참석할 때마다 레이건과 부시 부자는 여성의 피임과 낙태를 제한하기 위해 이슬람 근본주의자들이나 바티칸과 뜻을 모았다. 여성의 자유에 반대하는 종교 광신자들을 싸고도는 **유일한** 선진국에서 자칭 자유세계의 지도자가 배출되는 형국이다.[7]

이 테러 작전은 아주 효과적이었다. 대부분의 미국 낙태 시술자는 일을 그만두었다. 시술은 13퍼센트의 지역을 제외한 미국 전역에서 불법화되거나 사라져 버렸다. 10퍼센트도 안 되는 의과 대학에서만 낙태 수술을 집도하는 방법을 교육한다. 미국에서 우리는 존재하지도 않는 의료 시술에 대한 법적 권리를 가진 것이나 다름없는 상태이다. 가난한 여성과 미성년자는 사회에서 가장 무력하기 때문에, 미국 의회는 일찌감치 악명 높은 하이드 수정안강간 및 근친상간으로 인한 임신, 산모의 생명이 위급할 때를 제외한 모든 낙태 시술에 연방 정부 예산을 지원하지 못하게 제한하는 법안으로 1976년 통과되었다에 의

7 UN 인구부 책임자에 따르면, 낙태법이 가장 구속적인 국가들에서 낙태율 또한 가장 높게 나타난다. 글로리아 펠트, 『선택권 전쟁The War on Choice』(밴텀, 2005, 71쪽)도 참조. 클린턴 대통령은 8년의 재임 기간 동안 재생산권을 지지했지만, 아들 부시는 아버지나 레이건보다 한술 더 떠서, 단지 낙태와 피임만 제한하는 것으로 그치지 않았다. 그의 지시 아래 연방 기구들은 콘돔 사용의 성병 예방 효과, 피임법의 유효성, 혼전 성관계의 심리적 영향 등에 대한 거짓 정보를 보급하기까지 한다.

거해 가난한 여성이 낙태에 공적 보조금을 받지 못하도록 처리했다. 이제 얼마 안 되는 주에서만 메디케이드저소득층을 위한 공공 의료 보험로 여성들의 낙태 비용을 지원한다(뉴욕에서는 지원을 하지만, 내가 사는 일리노이에서는 그렇지 않다). 대부분의 주는 미성년자의 낙태 또한 제한하고 있다. 그러나 남성의 성적 행동에 대해서는 도통 신경을 쓰는 법이 없다.

내가 시카고에서 병원 에스코트환자와 의료인이 낙태 반대 진영의 테러를 당하지 않고 안전하게 병원 안팎으로 이동할 수 있도록 돕는 역할 일을 하던 시기, 낙태 반대론자들이 몰려와 우리를 걷어차고 침을 뱉고 '예수 살해범Christ killer. 일반적으로 유대인을 일컫는 멸칭'이라고 불렀다(그들은 일제히 "예수 살해범들, 아기 살해범들"이라는 구호를 외쳤다). 그자들이 이 모든 짓거리를 하고 있을 때 우두머리가 내게 "이 계집애들이 인생 똑바로 살게 확실히 도와줘야 하니까"라 말했다. 이 말을 뱉자마자 우두머리는 자기 차로 보안 요원을 쳐 버렸다. 그 사람은 가톨릭 신학생이었고, 너무 어려서 아직 면도도 하지 않았건만, 그의 눈에는 병원에 들어가는 여성들이 보이지 않았다. 그에게 보이는 건 그저 여자애들이었다.

여자애는 어린이다. 대부분의 문화권에서, 대부분의 시대에, 여성이란 완전한 성인이나 법적 성인이 아니라 아동과 가축의 중간쯤 되는 존재로 간주되었다. 이러한 관점이 미국 문화에 너무도 만연한 나머지, 다른 면에서는 공감 능력이 좋고 교양 있는 많은 사람들조차 여성들이 '여자애'라는 호명에 반대하는 이유를 이해하지 못한다. 만약 정말로 여성이 남성과 동등한 완전한 성인으로 여겨진다면, 임금 평등에 대한 논쟁도 없으리라.

여자애, 즉 어린아이는 까다로운 도덕적 판단을 내릴 만큼 지성을 갖추지 못한 존재이므로 적절히 지도를 받아야만 한다. 오늘날 많은 종교 단체들이 여성의 열등한 지위는 신이 정한 것이라며 꾸준히 설파하고 있다. 1984년, 미국에서 가장 큰 교파 중 하나인 남부 침례교는 이브가 에덴동산에서 원죄를 지었기에 여성은 영원히 남성에게 예속되어야 한다고 언명했다. 그리고 소속 교회들 가운데 여성이 설교하거나 집사를 맡던 곳에는 자금 지원을 끊기 시작했다. 현재 이 교파는 엄격한 근본주의의 철벽을 쌓고 교인들의 자녀를 위한 기독교 학교, 청년을 위한 대학, 젊은 활동가를 위한 정치적 성격의 여름 캠프를 운영하는데, 남성과 여성, 신, 세상에 대한 자기들의 관점과 상충되는 의견은 전부 회피하는 게 철칙이다.

리버티 침례교회인 제리 폴웰 목사의 버지니아 교회에는 신과 인간의 관계를 묘사하는 조직도가 제시된 책이 있다. 꼭대기에 신이 자리한 권위 체계는 지역 교회로 내려온 다음, 어머니와 아이들을 책임지는 아버지에게로 이어져 내려온다. 이 도표는 '신의 지휘 계통'이라 불린다.

우파 기독교는 1970년 이래 여성들이 획득한 모든 이익을 해악이라고 간주하지만, 여성을 향해 뜨겁게 달궈진 그들의 격노는 특히나 재생산권을 두고 부글부글 끓어올랐다. 낙태와 싸워 승리했다고 기세가 등등해진 이 여성 혐오자들은 이제 피임 반대 운동을 하고 있다. 미국의 주 정부 중 4분의 1은 이미 약사가 피임약 조제를 거부할 수 있도록 법으로 허용하고 있다. 다른 20여 개 주에서는 이러한 법을 고려하고 있다. '종교의 자유'라는 미명 아래 국가 차원에서 이 법이 제안되었을 당시, 존 케리 2004년 미국 대통령 선거에서 조지 부시에 맞서 민주당 후보로 출마한 4선 상원 의원이자 이후 오바마 행정부에서 미국 국무장관을 지낸 정치인. 낙태에 찬성하는 입장을 표명했다마저도 부득불 여기 서명해야만 한다고 느꼈을 정도이다.

요즈음 미국인들은 기이한 정신 상태에 빠져 있다. 우리는 제약 없는 자본 시장을 원한다. 또한 속도 제한, 총기 규제, 세금 부과가 개인의 자유를 부당하게 침해한다고 생각한다. 그러면서도 유독 여성의 섹슈얼리티는 전적으로 통제해야 한다고 생각한다.

부시 2세는 가벼운 기업 범죄나 길거리에 급속히 늘어나는 자동 화기, 이라크에서 발생한 50만 명도 넘는 사망자는 가만히 방치했다. 하지만 국내외 여성들의 성적 행동을 통제하는 데는 단호한 입장을 보인다. 그는 '생명 존중 문화'를 고취한다는 명목으로 이를 행한다고 주장한다. 이라크에서 복무할 의사들이 절실히 필요한 상황이지만, 임신 중단권을 지지하는 의사는 아무도 그리 갈 수 없다. 부시는 의료인이 낙태 상담이나 시술을 하는 지역에 가족계획 보조금이 지원되도록 허용하지 않을 것이다. 더구나 부시의 고향 텍사스는 최초로 약사가 산아 제한 관련 처방에서 손을 뗄 수 있게 허용한 주였다. 꼬마 여자애들아, 침실에서 은밀히 하고픈 일이 있다면 꼭 아빠 허락 맡아야 한단다.

우파가 여성들에게 가하는 공격의 야만성은 곧 제2세대 페미니즘이 성공했다는 증거이기도 하다. 지난 30년 동안 그저 여성의 지위만이 아니라 남성과 여성의 관계 면에서도 긍정적인 변화가 많이 일어났다. 직위나 재직권을 얻어 내는 과정은 여전히 험난하나, 오늘날 이러한 변화는 단순히 여성도 고위직에 올라간다는 현상만을 얘기하는 게 아니다. 여성이 남성 보증인 없이도 대출받을 수 있게 되었다는 사실만을 얘기하는 것도 아니다.

남성과 여성이 관계 맺는 방식에도 상전벽해와 같은 변화가 있었다. 내가 알고 지내는 젊은 커플 여럿에게서도 그런 모습을 볼 수 있다. 삶의 모든 면에 대해 의논하고, 일, 이주, 자녀 계획이나 집안일 분담에 대해 결정을 내릴 때 모두의 행복을 고려하는 데서 말이다. 미스터리물을 읽을 때도 이러한 변화가 여기저기 반영되어 있음을 확인할 수 있다. 남성 작가들이 여성에 대해 쓸 때 그저 희생자나 요부나 악녀가 아니라 친구나 동료로 그려 내고 있으니까.

현실 속에서 여성의 지평이 확장되어 감에 따라, 창작물 속에서의 지평 또한 확장된다. 오늘날 우리는 활동적인 여성 주인공을 많이 만날 수 있다. 나의 V. I. 워쇼스키와 마샤 뮐러의 샤론 매콘만이 아니라, 발 맥더미드의 여러 독특한 여주인공들, 네바다 바의 애나 피전, 퍼트리샤 콘웰의 케이 스카페타, 기타 다수의 인물들을 꼽아 볼 수 있다. 15년 전 나는 어떤 여성 작가들이 강한 여성 주인공을 내세운 소설을 쓰는지 전부 꿰고 있었다. 지금은 그런 이가 너무도 많아서 하나하나 셀 수도 없다.

여성의 발언권이 커진 데 대한 반응은 매우 다양하다. 긍정적인 측면을 살펴보자면, 우리는 출판사만이 아니라 여성과 남성 독자들 모두에게서 상당한 환영을 받았다. 범죄 소설 분야에서도 점점 더 많은 수의 우리 동료들이 이야기를 들려준다. 1986년 '시스터스 인 크라임Sisters in Crime'이라는 단체를 설립했을 당시에는 여성 작가가 미국 범죄 소설의 3분의 1 정도를 펴냈다. 오늘날 우리는 활발히 활동하는 미국 범죄 소설 작가 중 거의 50퍼센트를 차지하고 있다.

'시스터스 인 크라임'이란 많은 여성 작가들이 범죄 소설계에서 2등 시민에 머무른다는 인식에서 나온 단체이다. 우리 중 많은 수는 범죄 소설 관련 행사에서 팬이든 다른 작가든 우리를 진지한 천직으로서가 아니라 취미 삼아 글을 쓰는 사람으로 치부하는 이들과 마주쳤다.

더욱 실질적인 방식으로 우리의 경력에 영향을 끼치는 문제들도 있었다. 이는 여성 작가가 쓴 책에 대한 서평이 부족하다거나 우리 책은 훨씬 더 짧은 기간 동안만 출간되어 서점에 진열된다는 현실에 관한 문제였다. '시스터스'는 서평 프로젝트를 시작하고서 남성 작가의 책이—남성들이 더 많은 책을 출간한다는 사실을 반영해 비율을 조정하더라도—여성 작가의 책보다 7배는 더 자주 논평된다는 점을 밝혀냈다(범죄 소설에만 국한시킨 자료이다). 우리는 여성 작가의 책이 출간 상태로 머무는 기간이 남성 작가의 경우에 비하면 평균 3분의 1에 그친다는 점도 밝혔다. 이러한 현실은 여성이 전업 작가로 생계를 유지할 수 있는 능력에 심각한 타격을 입혔다.

어느 분야에서나 변화를 위해 단결하려는 여성들이 으레 겪듯, 우리가 가는 길에도 장애물이 없지 않았다. 여성 작가들은 이 단체에 가입하면 출판 계약이 취소되리란 통지를 받았다. 가학적인 행위를 주축으로 하는 영화와 문학이 왜 그렇게 넘쳐 나는지를 검토해 보자고 제안했을 때, 나는 팬 잡지들에서 조리돌

림을 당했고 검열을 조장한다는 비난도 받았다. 다시 말해, 출판물과 영상에서 여성을 비하하는 것은 수정 헌법 1조에 의해 보호되었지만, 여성 비하에 문제를 제기하는 것은 그렇지 못했다. '시스터스 인 크라임' 구성원들은 이 같은 공격에 우려가 컸던 나머지 노골적인 사디즘에 대해 연구하려는 시도에서 일절 손을 떼기로 의결했다.

이 같은 사디즘은 지금껏 성장 가도를 달리는 산업이었다. 지난 20년간 반가운 변화가 많이 일어났음에도 불구하고, 우리는 끔찍한 방법으로 능욕당하는 여성을 전시하는 책과 영화, 음악, 특히나 비디오 게임으로 폭격당하고 있다. 이는 여성의 주된 배역이 창녀로 설정된 주류 영화에서부터—샤론 스톤의 〈원초적 본능〉이 2006년 재개봉되어 흥행한 사례를 보라. 어떤 평론가들은 그 유명한 장면을 두고 "샤론 스톤이 취조실에서 다리를 바꿔 꼬는 장면은 영화사에 남을 기념비적인 순간"이라 일컫는다—버릇없이 구는 창녀들을 플레이어가 강간하고 불구로 만들고 살해할 수 있는 비디오 게임에 이르기까지 모든 범위에 걸쳐 있다.

〈바람과 함께 사라지다〉에서 클라크 게이블의 기운을 북돋아 주는 창녀처럼, 문학과 영화에서 자신이 정말로 창녀**라는 사실**을 이해하는 여성은 자기 처지에 만족하는 동물로 묘사되며, 자기 육체를 이용해 남자들과 이런 편안한 동지애를 형성할 수 있다는 데에 흡족함을 느낀다. 동시대 영화와 문학에서도 동일한 여성이 등장한다. 로버트 파커의 호평받은 작품1982년에 발표된 『의식Ceremony』을 가리킨다 속에서 고통 받는 창녀, 에이프릴 카일이 실증하듯이.

이러한 묘사들은 현실과 까마득히 멀리 떨어져 있다. 미국의 성 노동자 대부분은 어린 시절 성적으로 학대를 당했고, 유년기부터 자신은 오로지 몸뚱이뿐이며 남성의 성욕을 받아주면 그만인 존재라 믿게끔 길들여졌기 때문에 성매매에 나서게 된다. 미국에서 얼마나 많은 아동이 성적으로 학대당하는지를 완벽히 보여 주는 정확한 자료는 없다. 여아에게 가해지는 성폭력에 대한 연구를 보면 네 명 중 한 명에서 여덟 명 중 한 명에 이른다. 남아의 경우 수치는 열 명 중 한 명꼴로 나타난다. 가장 낮게 잡은 추정치조차도 아동 폭력의 충격적인 규모를 드러낸다. 아동에게 가해지는 성폭력은 장기적이며 돌이킬 수 없는 피해를 입힌다. 또한 재미로 뛰어든 성매매 종사자들을 보여 줌으로써 산업을 미화하는 것은 단지 문제를 악화시킬 뿐이다.

미국 여성은 연령대를 막론하고 강간당할 위협이 산재한 상황에서 살아간다. 여섯 명 중 한 명꼴로 겪게 되는 일이니 말이다. 이러한 폭력이 여성에게 입히는 피해에 초점을 맞추자면, 《월스트리트 저널》이 1991년부터 거의 매년 다루는 특집 기사 주제, 즉 '강간 문화'라 부르는 개념을 만들어 냈다는 이유로 나 같은 페미니스트들이 욕을 먹게 된다.

그렇다 하더라도 강간의 위협은 강력하며, 여성을 겁박하여 침묵하게 만들려는 의도가 내포되어 있다. 시민의 자유를 위해 앞장서는 투사 렉스 스타우트는 1975년 출간된 네로 울프 시리즈 마지막 권 『패밀리 어페어A Family Affair』에서 이 점을 아주 분명히 강조했다. 등장인물 중 하나는 페미니스트이다. 그녀는 공격적이고 적개심이 가득한 데다 유머 감각도 없으며, 소설에서 흔히 페미니스트를 묘사하는 방식대로 '남성 혐오자'이다. 울프의 조수 아치 굿윈은 동료 탐정 솔 팬저에게 심문에 협조하게 만들려면 그녀를 강간하라고 조언한다. 아치는 이렇게 말한다. 그 여자는 페미니스트로서는 주제넘게 나대다가 이 경우엔 또 주제넘게 침묵하며 아치와 솔이 말하라 명령해도 입을 꾹 다물고 있으니, 통제 불능인 여자는 벌을 받아야만 한다. 페미니스트라 자인하는 여자보다 통제 불능인 존재는 없다. 그 여자를 다스리려면 강간이라는 수단이 필요하다.

여성의 발언이 더 많은 영향력을 얻기 시작하면서, 문학과 영화는 더 이상 우리가 강간**당해야만 한다**고 이야기하지 않게 되었다. 오히려 강간을 생생히 선전하고, 그에 따르는 굴욕을 보여 주기 시작했다. 여성들이 공적인 생활에서 떠나지 않고는 못 배기게 만드는 굴욕 말이다. 예컨대 헤이우드 굴드의 『더블 캅스 Double Bang』에서, 여주인공이라 할 만한 인물은 뉴욕의 정신 분석 전문의다. 사이먼 앤드 슈스터 출판사의 편집장인 마이클 코다는 내가 표지 추천사를 써 주길 바라며 그 책의 교정쇄 묶음을 보내 왔다. 그는 다음과 같이 말했다.

이 소설의 중심에는 아름다운 정신 분석 전문의 캐런 윈터먼이 있습니다. 그녀는 마침 마약 중독자가 되어 새 환자로 들어온 매력적인 사이코패스에게 홀딱 반합니다. 자기 직업의 가장 중요한 원칙을 깬 그녀는, 연인이 저지른 살인에 뒤이어 자기가 덫에 걸렸음을, 점점 더 체면을 더럽히는 처지로 몰려가게 되었음을 깨닫습니다. 살인 용의자, 살인 청부업자의 표적, 주요 증인, 장례식의 상주, 피해 사실을 모르는 피해자…… [또한 이 소설은] '경찰의 만행'이라는 표현에 새로운 의미를 부여합니다.

소설 결말부에서 그 정신 분석 전문의는 마음을 홀리는 환자 때문에 너무 심한 타격을 입은 탓에, 전문직을 포기하고 펜실베이니아에 있는 부모님의 농장으로 돌아간다. 그녀는 이 일로 뼈

아픈 교훈을 얻었다. 그리하여 한 여성으로서 대도시에서 독립적으로 일하는 삶을 접고 다시 부모의 보호 아래 살아가는 여자애로—어린이로—퇴행했다.

2006년 가을 내가 이 에세이를 집필하던 중, 어느 총기범이 펜실베이니아의 아미시 학교에 침입해 남학생들은 집에 보낸 뒤 여학생들을 성적으로 학대했고 그중 다섯 명을 살해했다.

밥 허버트는 이 사건에 대한 《뉴욕 타임스》 기사에서 다음과 같이 썼다.

　만약 총기범이 학교로 쳐들어가 인종과 종교를 기준으로 아이들을 분리한 다음 흑인만, 아니면 백인만, 아니면 유대인만 총으로 쐈다고 상상해 보라. 그렇다면 우레와도 같은 분노가 일었으리라……. 그리고 그 습격의 본질이 무엇이었는지가 드러났으리라. 증오 범죄 말이다. 피해자가 그저 여자아이들이었기 때문에 이런 분노는 전혀 일어나지 않았다. 그리고 우리는 미소지니에 푹 절여진 사회에서 사는 데 하도 익숙해져서, 여성에 대한 폭력

은······ 당연시한다.[8]

여러 장을 할애해 여성들이 받는 가학적인 취급에 대해 장황하게 계속 쓸 수도 있겠지만, 여기 몇 마디만 적는다. 현재 네 개의 대형 방송사 CBS, ABC, NBC, Fox가 내보내는 주요 신용 카드 회사 광고에서는 남자가 여자의 엉덩이에 대고 카드 마그네틱 선을 긁는 모습을 보여 준다. 또 어느 통신 회사 광고는 전화 요금 명세서를 쥔 벌거벗은 세 여자의 모습에다가 "마지막으로 완전히 망한 게 언제였지"라는 광고 문구를 박는다.

그러는 한편, 대형 방송사 네 곳은 피임약 광고를 거부한다. 여성을 겨냥한 일부 케이블 채널은 이제 피임 광고를 송출할 예정이지만, 대기업들은 재생산권에 반대하는 열성분자들의 불매운동 위협에 겁을 먹고 있다.

미국은 선진국 가운데 유일하게, 섹스와 생식 능력에 대한 논의가 완전히 불가능한 것까진 아니어도 상당히 힘겨운 나라이다. 정부는 매년 무려 2억 달러의 거금을 들여 국내 학교들의 '금욕주의' 프로그램피임이나 안전한 성관계에 대한 교육을 배제하고, 임신과 성병을 피하는 확실한 방법은 혼외 성관계를 자제하는 것뿐이라고 강조하는 성교육 프로그

8 밥 허버트, "우리는 왜 충격 받지 않는가", 《뉴욕 타임스》, 2006년 10월 16일.

램을 후원한다. 흔히 이 프로그램은 피임법에 관해 효과가 50퍼센트밖에 되지 않고, 암을 유발하며, 콘돔 등의 차단식 피임법으로는 성병을 막을 수 없다고 주장하며 노골적인 거짓말을 한다. 정부는 질병 통제 예방 센터 홈페이지에 피임과 낙태 부작용에 대한 허위 정보나 오해의 소지가 있는 정보를 거듭 게시한다.

우리는 여성의 몸을 단순히 대상화하는 정도가 아니라—미국 내 대부분의 공항 외부 광고판에는 가슴이 큰 여성의 생생한 이미지가 전시되며, 대형 방송사들은 외설적인 광고를 내보내고, 영화, 소설, 비디오 게임은 여성을 객체화한다—여성 신체를 생식력, 임신, 모유 수유, 피임과 같은 문제와 완전히 분리시키는 지경에 도달했다. 그러한 화제는 금기시된다. 마치 서구 신화가 낙인찍은 대로 여성들에게 마귀 같은 섹슈얼리티를 지닌 괴물이 되라고 강요하고서, 순결하지 않거나 임신을 거부하면 응징을 내리는 것과 같다.

성적 대상이나 성적 괴물로 그려지는 여성의 이미지에 집중포화를 받기에, 실제 삶이나 창작물에 늘 강간의 위협이 깔려 있기에, 그만큼 여성들은 무해하게 보이려 애쓰는 듯하다. 예를 들어, 노스웨스턴 대학 의대에 입학한 젊은 여성들의 경우 한 여성 교수에게 자신들을 '여성women' 대신 '여자애girls'라 불러 달라고 요청했다. '여성'이라는 말이 너무 억세고 공격적으로 들린다는 이유에서였다.

또 다른 부작용은 성공한 여성들이 신체적으로 소멸되려 한다는 점이다. 우리는 미국에서 급속도로 확산되는 비만 문제에 대해 많이 접하지만, 공적 영역에서 여성의 목표는 점점 더 날씬해지는 것이다. 영향력 강한 공적 위치에 오른 여성들은 자기 신체가 눈에 보이지도 않게 만들려 애를 쓴다. 이사직에 오른 칼리 피오리나, 저녁 뉴스를 진행하는 케이티 커릭, 국무부의 콘돌리자 라이스 등을 보라. 이 여성들은 전부 말랐고, 몇몇은 쳐다보기가 괴로울 정도로 심하게 말랐다. 이는 마치 그들이 "우리를 해치치 마세요. 정말 우리는 여전히 당신들이 원하는 모습 그대로 조그만 여자애들이랍니다"라고 말하는 것과 다르지 않다.[9]

동시대 범죄 소설을 읽을 때면, 몸무게가 53킬로그램쯤이라고 묘사된 여주인공을 보고 또 본다. 키는 보통 167센티미터 이상인데도 말이다. 남성이 쓴 소설에서든 여성이 쓴 소설에서든 이런 여주인공은 '크다'고 서술된다. 167센티미터에 53킬로그램 나가는 여성이라면 갈빗대를 훤히 셀 수 있을 정도다. 체구가 크기는커녕 작은 편이고, 깡패들과 맞붙으러 길거리로 나가서도

---

9 피오리나는 자서전 『힘든 선택들』에서 하급 임원 시절 '팀의 일원'이 되려면 스트립쇼 클럽에 가야만 했다고 서술한다.

안 된다. 제아무리 권법 유단자라고 해도 체중 면에서 심각하게 불리하니까.[10]

소설을 창작하는 여성—체험을 빚어내는 작업을 하는 여성—이란 서구 문학에서 상대적으로 최근에 등장한 존재다. 17세기 초반, 매사추세츠 총독은 자신이 알고 지내던 시인 앤 홉킨스를 비난했다. 그는 앤이 "독서와 글쓰기에 온통 몰두하는 바람에" 이성을 잃어버리고는 "책을 많이도 써냈다"고 말했다. 그리고 "만약 그녀가 집안일이라든지 여자들이 마땅히 할 일에 정성을 기울였더라면…… 분별력을 지킬 수 있었을 것"이라고 덧붙였다.

지금처럼 여성들이 독자로서나 작가로서나 손쉽게 책을 접할 수 있는 위치에 다다르기까지 수많은 여성이 혹독한 비난에 꿋꿋이 맞서며—혹은 케이트 쇼팽과 같은 작가들의 경우 그러한 비난 속에 죽어 가며—분투해 왔다.

---

10 밸러리 윌슨 웨슬리와 바버라닐리 같은 아프리카계 미국인 작가들은 동시대 여주인공들이 보이는 마른 몸에 대한 강박 관념을 해결할 방법을 제시한다. V. I. 워쇼스키는 키 173센티미터에 몸무게는 64킬로그램에서 66킬로그램 정도 나간다.

그러나 여성의 목소리가 강해지면서—또 여성이 더 많은 자리를 차지하기 시작하면서—우리는 권력이라는 복잡한 감각의 핵심을 뒤흔들어 왔다. 역사적으로 여성이란 남성의 발언으로 정의되었으므로, 우리가 스스로를 정의하겠노라 말할 때 여성은 어떤 근본적인 것을 거머쥐게 된다.

낙태 반대 열성분자들은 자기 생식력을 제어하는 여성들을 향해 제 육신으로 '조물주 놀음'을 한다며 규탄한다. 말로든 행동으로든 우리가 스스로를 정의하겠다고 나서면, 종교, 정부, 이 사회가 세운 바리케이드가 무지막지한 위압을 가하게 된다.

몇 년 전에 각본가이자 범죄 소설 작가 로저 사이먼이 내게 전화를 걸어 그가 새로이 조직한 국제 범죄 소설가 협회에 가입하기를 권했다. 그는 국제적으로 활약하는 20여 명의 작가들로 구성된 경영팀에 대해 설명해 주었다. 전원 남성이었다. 나는 그런 남성 중심 집단에 이름을 올리기엔 심기가 편치 않다고 말했다. 로저는 말했다. "아직도 페미니즘을 하고 계십니까? 그거라면 전 진작 졸업했습니다만."

페미니즘은 한때의 유행이었고, 좋은 시절도 있었으나, 이젠 한물갔으니, 이번엔 갱스터 랩을 해 봅시다. 하지만 나는 아직도 페미니즘을 하고 있다. 그리고 나의 탐정 V. I. 워쇼스키도 마찬가지다. 우리는 둘 다 끈덕지게 버틴다. 최신 유행을 못 따라간다 할지라도.

몇 년 전 시카고에서 열린 내 낭독회에 한 무리의 여성들이 찾아왔다. 그리고 낭독회가 끝나고서 자기네 모두 실직한 철강 노동자를 남편으로 두었다고 소개했다. 시카고 사우스사이드의 공장 지대가 종말을 맞이하면서, 남편들 몇은 10년 동안 실직 상태였다. 이 여성들은 입에 풀칠이라도 하며 근근이 살아가기 위해 일을 두 개씩이나 했다. 이들은 V. I.가 자기들 동네에서 자라났다고 누가 말해 주기 전까지는 고등학교를 졸업한 이래 책을 한 권도 읽지 않고 살았다고 얘기했다. 이들이 내 강연에 찾아온 이유는, 블루칼라 출신의 여성 탐정 덕분에 삶이 자신에게 내린 이토록 버거운 시련을 헤쳐 나갈 수 있었다는 얘기를 해 주기 위해서였다.

그러니 내 글이 그저 바위에서 짜낸 물에 지나지 않을지라도, 또 내 목소리, 바로 나 자신이 그 바위 밑에 깔려 으스러지는 듯 느껴지는 날이 많을지라도, 이 여성들은 내게 일어나서, 자리에 앉아, 계속 글을 써 나가라고 이야기한다.

4장

아이팟과
샘 스페이드

아이팟과 샘 스페이드

 1635년 여름에 존 윈스럽 총독은 새로운 법령에 서명했고, 이에 따라 매사추세츠 치안 판사는 공공복지에 위협이 되는 반대자들을 추방할 수 있는 권한을 부여받았다. 1635년 10월 9일 이 법이 최초로 적용되었다. 윈스럽은 로저 윌리엄스를 식민지 밖으로 내쫓았다. 치안 판사들이 영국으로 강제 추방하기 전에, 윌리엄스는 해안을 따라 오늘날의 로드아일랜드로 도주했다.

 오늘날 로저 윌리엄스는 종교적 자유의 아버지로 알려져 있다. 신념을 지키기 위해 뉴잉글랜드의 혹독한 겨울을 홀로—인내심 강한 그의 부인도 있었지만—버텨 낸 인물이라고 말이다. 그 열렬한 청교도인은 그렇게 '아버지'로 지목당한 데에 아연실색할지도 모른다. 윌리엄스 부부는 종교의 자유에 반한다는—실제로 그렇기야 했지만—이유로 매사추세츠와 반목한 게 아니었다. 그가 주장한 바는 매사추세츠 교회들이 너무 타락하여 진실로 개심한 (윌리엄스 본인처럼) 경건한 사람이라면 결코 그들과 함께 기도를 드릴 수 없다는 것이었다. 사실, 1635년쯤 윌리엄스는 자기 자신과 아내의 구원밖에는 확신할 수 없는 상태가 되어, 다른 누구와도 함께 예배를 올리지 않으려는 지경에 이르렀다.

매사추세츠만Massachusetts Bay의 모든 사람들은 식민지가 수립한 회중 교회를 받들어야 했다. 개개인의 신앙이 가톨릭이든, 유대교든, 퀘이커든, 무신론이든 상관없이, 매주 일요일 회중 예배에 참석하고 교회를 지원하기 위한 세금을 내도록 법으로 강제되었다.

하지만 구원에 이르는 회심을 체험했다는 점을 증명할 수 있는 사람만이 교회 신도가 될 수 있었다. 그리고 남성 신도들만이 식민지를 통치하는 치안 판사 투표에 참여할 수 있었다.

그런데 구원에 이르는 회심이란 몹시도 고생스러운 체험이었다. 이는 팻 로버트슨미국의 텔레비전 전도사이자 정치 평론가. 전직 남부 침례교 목사. 극우 성향 기독교계에서 큰 영향력을 행사하며 공화당 대선 후보로도 출마한 적 있는 인물이다이나 제리 폴웰, 혹은 TV에서 눈물 흘리는 상투적인 연기와는 달랐다. 청교도인은 한 줄기 은총이라도 비쳐 들 때까지 자기 분석과 기도, 정신적 고통 속에서 수년을 보냈다. 교회 신도들은 신도 후보들을 여덟 시간 이상 취조했고, 후보가 오랫 동안 불신과 싸우며 써 온 일기를 읽기도 했다.[1]

로저 윌리엄스와 식민지 지도자들 양측 모두 교회에 소속되기 위해 회심을 증명해야 한다는 점과 정부가 교회에 종속된다는 점에 대해서는 의견이 일치했다. 다만 윌리엄스는 매사추세츠의 정책이 충분치 않다고 생각했던 것이다. 왕실의 법적 고발을 피하기 위해 뉴잉글랜드 청교도들은 영국 국교회 신도임을 표방했다. 그들은 단지 국교회를 청정하게 정화하고 있을 뿐이었다(그래서 '청교도'인인 것이다).

윌리엄스의 관점에서, 이는 시시콜콜한 변명에 불과했다. 영국 국교회에서 독립할 게 아니라면, 주교와 국왕의 권능과 부패 전체와 떼려야 뗄 수 없는 채로 남는 셈이었다. 윌리엄스는 매사추세츠의 회중 교회들이 실질적으로만이 아니라 공식적으로도

---

1 1840년대에 해리엇 비처 스토의 언니 캐서린은 한 청년과 약혼을 했는데, 약혼자가 그만 바다에 빠져 죽고 만다. 회중 교회 목사였던 아버지 라이먼 비처는 그 청년이 자신의 '구원에 이르는 회심'을 입증할 증거도 없이 지옥에 떨어졌다고 딸에게 말했다. 해리엇이 『톰 아저씨의 오두막』을 쓰는 동안, 캐서린은 자기 약혼자가 구원받을 수 있는 신학 체계를 세우느라 여러 해를 보냈다.

독립해야 한다고 강력히 따졌다. 또한 그렇게 하지 않는다면 치안 판사들은 법을 집행할 수가 없노라고 단언했다. 구원받은 자만이, 신의 선택을 받은 자만이 이 타락한 세상에서 법에 따라 행동할 만큼 고결하다고 말이다.

오늘날, 윌리엄스와 같은 믿음을 지닌 사람은 아마도 텍사스나 아이다호에 살고 있으리라. 실전 무기로 훈련하며 정부가 개개인에게 가하는 테러리즘을 맹비난하는 팸플릿을 찍어 내는 소규모 민병대를 둘 테고. 그의 군대 외부에서는 아무도 그에게 관심을 기울이지 않을 터이다. 웨이코의 데이비드 코레시와 다윗교 텍사스주 웨이코를 기반으로 하는 미국 기독교계 신흥 종교 단체로, 1993년 연방 정부와 주 정부가 이들의 농성을 진압하는 과정에서 교주 데이비드 코레시와 신도, 경찰을 포함하여 80여 명의 사망자가 발생했다나 루비 리지의 랜디 위버1992년 아이다호주 루비 리지에서 백인 우월주의자 랜디 위버 가족과 FBI 및 연방 보안군이 대치하며 총격전을 벌인 끝에 위버의 아내 비키와 아들, 연방 보안관 한 명이 사망했다. 웨이코 참사와 이 사건을 계기로 반연방주의 진영에서는 연방 정부의 과잉 진압에 대항하자며 신흥 민병대를 조직했다가 그랬듯, 그의 기행이 법률과의 대립으로까지 번지지만 않는다면 말이다.

그러나 1635년 뉴잉글랜드에는 광활한 황무지 언저리에 천 명 정도 되는 유럽인이 위태롭게 자리 잡았을 뿐이다. 적대적인 피쿼트 부족이 습격해 주기적으로 전쟁이 터졌다. 오늘날 아무리 우리의 영국인 선조들이 원주민의 땅을 빼앗은 거라 믿을지라도, 원주민은 실제로 유럽인의 생존에 위협을 가했다. 게다가 영국 청교도인들이 의회를 장악한 1644년까지, 매사추세츠는 영국 국교회를 경시한다는 이유로 식민지 허가가 취소될지 모르는 위험에 끊임없이 시달렸다. 가장 기본적인 의약품과 원시적인 농업, 적대적인 미국 원주민밖에 없는 상황에서 정착민들은 생존을 위해 강한 공동체 의식을 다질 필요가 있었다.

한 사람이 천 명의 사람들에게 법을 따르지 말라고 설파하는 것만으로도 공동체가 파괴될 수 있었다. 윈스럽 총독은 식민지 전체의 생존을 위해 로저 윌리엄스를 추방했다(식민지 내의 자기 권력을 살려려던 것임도 인정해야겠지만). 하지만 우리 교과서에서는 이 드라마의 주인공이 누구라고 생각하게끔 가르치는가? 식민지를 지켜 낸 사람? 아니다. 주인공은 바로 개인의 양심을 따르는 일이 너무도 절박하여, 남자든 여자든 아이든 제 모든 동지들의 생존은 부차적인 문제로 취급한 사람이다.[2]

윈스럽과 매사추세츠의 다른 설립자들은 자신들의 집단이 전

---

2 로드아일랜드에서 윌리엄스는 내려갠섯 부족과 가까워졌다. 윈스럽과 대부분의 청교도인들은 인디언을 악마의 화신까진 아니더라도 그 동맹쯤은 된다고

세계에 '기독교적 박애의 한 모범'[3] 역할을 하도록 선택된 사람들의 공동체라고 생각했다. 그러나 동북부에 정착했다가 이후 중서부와 서부로 이주한 사람들의 마음을 사로잡은 칼뱅주의는 개인을 가장 중요시했다. 신은 고대 이스라엘을 하나의 민족이라 판단했지만, 뉴잉글랜드의 모든 사람은 각자의 공과에 따라 평가되었다. 신은 독단적으로 누구는 지옥에 떨어뜨리고 또 누구는 구원해 주었다. 그러한 분위기에서는 공동체 활동이 아니라 개인이 중요했다.

개인주의를 목표로 잡은 데는 아마 신대륙의 엄청난 규모도 한몫했을 것이다. 막대한 황무지에서 인간은 초라하고 외로운 기분을 느낄 수 있다. 광대한 공간에 어떤 영향이든 미치려면 맹렬히 자기주장을 펼쳐야 하는 법이다.

미국의 상당 부분이 가지치기되거나 평평하게 포장된 오늘

믿었던 반면, 윌리엄스는 그들의 본질적인 인간성을 받아들였다. 그는 성경을 내러갯세어로 번역하고, 그 언어의 알파벳을 고안했다. 또한 로드아일랜드를 식민지로 개척하면서 다른 종교들도 예배를 볼 수 있게 허락했다. 그 점에서 윌리엄스는 윈스럽과 매사추세츠 식민지보다 훨씬 더 관대했다.
3 매사추세츠 청교도인들이 오늘날의 세일럼에 상륙하기 직전 존 윈스럽이 아벨라호 선상에서 한 설교의 제목. 이 연설에 대한 자세한 논의는 5장의 180쪽 이하를 참조하라.

날, 1630년 매사추세츠만에 도착한 영국 개척민의 눈에 그 풍경이 얼마나 무시무시했을지 상상하기란 어려운 일이다. 청교도인들이 쓴 일지와 역사는 주로 공동체 내부나 본국 국교회와 벌인 교리 투쟁에 초점을 맞추었다. 이따금 그들은 에드워드 존슨이 1654년 펴낸 역사서 『뉴잉글랜드에서 시온의 구세주가 행한 경이로운 섭리』에서 "이 광야를 일구는 데 들인 기독교인들의 노고"라 부른 것에 대해 기술했다.

미지의 숲을, 그리고 습한 늪을 여행하며, 가끔 빽빽한 덤불을 헤치며 손으로는 뚫고 나갈 길을 비집고, 발로는 얼키설키한 나무들을 기어오르며…… 그러고 나서 깊이를 알 수 없는 물에 빠지고…… 들쭉날쭉한 덤불이 그들의 다리를 고약하게 할퀸다……. 두세 시간 안에 맨살이 드러날 정도로…… 밤이 찾아오면 그들은 바위 위에서 쉬며 조그만 빵 몇 입으로 식사를 한다.

미국인들은 이 황무지를 개척하자마자 과거에 향수를 느끼며 낭만적으로 미화하기 시작했다. 미국 초창기 소설 속 주인공이라면 역시 내티 범포를 꼽게 된다. 그는 페니모어 쿠퍼의 『레더스타킹』 연작에 등장하는 용감무쌍한 개척자이다. 에드워드 존슨의 각반 신은 다리가 고약하게 긁혀 맨살이 드러날 지경이었던 장소는 범포를 배출한 고향이 되었다.

"그대의 길은 내 길이 아니라오." 『레더스타킹』 첫 번째 이야기의 끝에서 범포는 영국 여성인 엘리자베스에게 말한다.

"나는 숲을 사랑하고 그대는 인간의 얼굴을 좋아하오. 나는 배고플 때 먹고 목마를 때 마시나, 그대는 정해진 시간과 규칙을 지키지…… 나는 황무지에 맞게 만들어진 사람이라오. 그대가 나를 사랑한다면, 나의 영혼이 갈망하는 곳으로 가게 해 주시오……."

내티 범포는 최초로 등장한 외톨이 주인공이라 평가될 수 있겠지만, 그 뒤로 곧 숱한 후계자들이 생겨났다. 19세기 중반 대평원이 새로운 변경 지대가 되면서, 카우보이가 개척자의 역할을 물려받았다. 1905년 출간되어 국제적인 찬사를 받은 오언 위스터의 『버지니언』 속 인물들이라든지, 존 웨인이나 클린트 이스트우드의 영화 속 모습조차도, 안정된 정착지보다는 말안장 위에 있는 게 제 집처럼 더 자연스러웠기에 유명세를 얻은 것이다. 그들은 평원과 산에서 어떻게 생존해야 하는지 알았다. 내티는 언젠가 "허벅지에 라이플 탄환이 박힌 채로 혼자 110킬로미터를 이동한 다음 잭나이프로 환부를 직접 도려냈다." 그런 일을 할 수 있는 남자라면 바보가 아니라 영웅이어야 했다. 내티는 미국인이 생각하는 이상적인 개인의 모습에 하나의 기준을 세웠다.

쿠퍼가 『레더스타킹』 첫 편을 썼던 시기와 거의 동시에, 알렉시 드 토크빌이 미국을 방문했다. 『미국의 민주주의』에서 그는 미국에 퍼진 개인주의에 대한 강박 관념에 난색을 표했다. 그는 이것이 이기심과 유사하다고 여겼다. 그리고 이에 대해 1840년 다음과 같이 썼다.

이는 공동체 구성원 각자가 동료 무리에서 빠져 나오고 가족이나 친구들과 갈라지게 만든다. 그리하여 자기만의 비좁은 원을 그린 뒤에는…… 사회 전반을 그냥 내버려 둔다…… 개인주의는 뒤틀린 마음만큼이나 정신적 결핍에서 비롯된다.

드 토크빌은 미국 신화의 아주 중요한 특색에 도저히 흠집을 낼 수 없었다. 로라 잉걸스 와일더는 소박하고 아름답게 써 내려간—NBC에서 지나치게 감상적으로 치부하려 들었음에도 불구하고 꿋꿋이 살아남은—자서전에서 자급자족이 그녀의 세계에서 얼마나 존중되는 가치였는가를 즉흥적으로 언급한다.

1881년, 사우스다코타 농장에 살던 잉걸스 일가는 겨울을 나기 위해 근처 마을로 옮겨 갔다. 모두들 혹독한 겨울을 두려워했고, 잉걸스 부인은 딸들이 눈 내리는 계절 내내 등교할 수 있을 만큼 학교 가까이서 지내길 바랐다. 하지만 막상 닥쳐 보니 폭풍이 너무 호되게 몰아쳐서 5개월 동안 석탄을 실은 기차가 다닐 수 없었고, 학교도 문을 닫고 말았다. 사실 눈보라가 하도 매섭다 보니 주변 세상에서 완전히 단절된 채 가족끼리만 며칠씩 보내곤 했다. 어느 날 아침 잉걸스 씨는 눈보라를 헤치고 길을 건너가 이웃들을 살펴보기로 마음을 먹었다.

　로라는 창가에 서 있었다. 밖을 내다볼 수 있게 서리 덮인 창을 조금 닦아 놓았지만 온통 새하얀 백지처럼 보일 뿐이었다. 문간에 아빠가 서 있는지도, 언제 자리를 떠났는지도 분간할 수가 없었다. 로라는 천천히 난롯가로 돌아갔다. 메리가 조용히 앉아서 그레이스를 어르고 있었다. 로라와 캐리는 그저 가만히 앉았다.

　"자, 애들아!" 엄마가 말했다. "밖에 폭풍이 친다고 집 안까지 칙칙할 이유는 없잖니."

　"마을 안에 살아 봤자 무슨 소용이에요?" 로라가 말했다. "마을이라고는 있지도 않은 것처럼 그냥 우리끼리만

붙어 지내는데요."

"네가 다른 누구에게도 의지하려 들지 않았으면 좋겠구나, 로라." 엄마는 충격을 받았다. "누구도 널 대신해 줄 순 없어."

엄마는 드 토크빌이 비난했던 바로 그 모습을 여실히 보여주고 있다. 이 가족은 사회로부터 자립하여 자기 가족만의 작은 원 안에 모여들었다. 그리고 사실, 만약 잉걸스 가족이 우리 짐작보다 더 외부에 의지했다고─땅은 정부로부터 얻고, 씨앗은 종묘 회사에서, 옷을 지을 옷감은 포목점에서 사고, 농기구들은 시어스 로벅이나 존 디어각각 미국의 종합 유통업체와 농기구 제조회사에서 사는 등─해도, 스스로의 힘으로 해낸 일 역시 워낙 많았기 때문에─옷만이 아니라 시트와 각종 침구를 만들고, 씨앗을 심고, 수확하고, 대개는 자기가 직접 키운 것만을 먹는 등─우리는 왜 그들이 자립을 그토록 소중히 여겼는지 이해할 수 있게 된다.

오늘날 미국에서는 그만큼 자족적이라고 내세우거나 그렇게 살려는 사람이 거의 없다. 하지만 우리는 그 어느 때보다도 더 자립적인 이상을 높이 평가하는 듯하다. 사실, 개인에 너무 큰 가치를 부여한 나머지 공익을 뒷받침하는 세금은 내고 싶어 하지 않는다. 대표적인 사안으로 보건 의료, 도서관, 학교 등과 관련한 문제들이 있지만, 사실 '나, 오로지 나만'이라는 충동은 그이상으로 뿌리 깊은 문제다. 극도로 부유한 어느 실리콘 밸리 도시의 경우, 주택이 보통 2백만 달러도 넘는 가격에 팔리는 동네지만 길거리에는 움푹 파인 구멍이 잔뜩 보인다. 그곳에 방문했을 때 들은 얘기로는, 그 지역 주민들의 경우 세금을 내서 다른 사람도 편안하게 운전할 수 있게 하느니 차라리 자기 차를 박살낼 거라고 했다.

아메리칸 드림이란 개인 소유의 마당이 딸린 개인 소유의 집에 살며, 아이들 각각이 자기 방과 자기 아이팟과 자기 컴퓨터를 가지고, 열두 살 쯤부터 자기 핸드폰을 가지는 꿈이다. 우리는 깨어 있는 동안 각자 휴대용 오락 시설, 아이팟, 게임기에 연결된 채로 시간을 보낸다. 우리는 경제적으로 곤궁하여 어쩔 수 없는 경우가 아니라면 마을 냇가나 빨래방에 가서 빨래를 하시 않는다. 우리는 모두 각자의 세탁기나 건조기를 가지고 있다.

요컨대 우리는 서로에게서 가능한 한 멀찍이 떨어져 각자 소리의 세계에 푹 감싸인 것만 같다. 식당에서 한 테이블에 앉아 식사를 하거나 연인들이 서로를 껴안고 거리를 걸어갈 때조차도, 사람들은 정말로 함께 있는 게 아니다. 각자 핸드폰을 붙들고 다른 사람과 이야기를 하는 중이다.

자기 핸드폰과 차를 사랑한다는 면에서 보자면 이 세상 사람들 가운데 미국인이라고 특히 유별날 것은 없다. 하지만 대중교통을 질색한다는 점, 그에 더해 자기 차를 집의 연장, 뭐든 마음대로 할 수 있고 누구도 간섭할 수 없는 사적 공간으로 바꾸어 놓는 방식 면에서는 특이할지도 모른다.

어머니가 고통스러운 투병 생활 마지막 단계에 이르렀을 때, 나는 남동생 조녀선과 자주 전화 통화를 했다. 동생은 어머니가 힘겹게 견디는 말년을 몇 달 동안 곁에서 지켰다. 운전 중일 경우 나는 양심적으로 도로변에 차를 댔다. 감정에 휩쓸린 나머지 주행하다 말고 정신이 산란해져 차선을 침범하지 않도록 말이다. 내가 이 얘기를 하자, 조녀선은 버스로 출퇴근하며 주간州間 고속도로를 42킬로미터나 오가는 동안 내려다보이는 사람들의 자가용에서 다음과 같은 것들을 발견했다고 말했다.

운전대 위에 신문을 활짝 펼쳐 놓은 사람들.

운전대 위에 책을 펼쳐 놓은 사람들.

전화 통화를 하며 무릎으로 운전하는 동시에 눈 화장을 하거나 면도를 하는 사람들.

귀에 아이팟을 꽂고 있어서 자동차 경적 소리를 듣지 못하는 사람들.

초콜릿 바부터 포크와 나이프를 써야 하는 격식 차린

한 끼 식사에 이르기까지 무엇이 됐든 끊임없이 먹는 사람들.

누구보다도 이런 짓에 능숙해진 사례로, 튜바를 연주하는 한 남자.

우리는 바퀴가 달린 작은 집에 홀로 들어앉아서 정서적인 자급자족에 이른 주인공을 이상화한다. 그를 대신해 빵을 굽고, 식량을 재배하고, 옷을 지어 줄 사람은 필요할지 모르지만, 그가 생존하는 데에 정서적인 보살핌은 필요치 않다. 『기나긴 겨울』의 초반, 잉걸스 가족의 집에 진정한 개인주의자가 잠시 방문한다. 국내 여기저기로 이주하는 동안 서로 발길이 여러 번 겹쳤던 에드워즈 씨다. 그는 서부로 가는 길에 잠깐 들를 요량으로 잉걸스 씨와 함께 이 가족의 집에 들어온다. 로라는 그를 이렇게 기억한다.

……테네시에서 온 키가 크고 호리호리하고 게으른 살쾡이. 가죽처럼 갈색인 얼굴 주름살은 더 깊어졌고, 뺨에는 예전엔 없었던 칼자국이 생겼지만, 눈은 기억하고 있는 모습 그대로 명랑하고 나른하고 날카로웠다.

"아, 에드워즈 씨!" 로라가 외쳤다.

"전에 산타 할아버지가 우리한테 주는 선물을 갖고 오셨죠." 메리가 기억해 냈다.

"에드워즈 씨는 냇물을 헤엄쳐 가셨잖아요." 로라가 말했다. "그리고 버디그리스 강을 따라 떠나셨지요⋯⋯."

에드워즈 씨는 바닥에 발을 문지르고 머리를 깊이 숙여 인사했다. "잉걸스 부인과 따님들, 모두 이렇게 다시 뵈어 참으로 반갑습니다."

에드워즈 씨는⋯⋯ 기차가 출발할 때 잡아타고 서부로 갈 거라 말했다. 아빠는 에드워즈 씨 보고 더 오래 머물라고 권할 수가 없었다⋯⋯.

"여기 이 나라는, 제가 살기엔 너무 굳어져 버린 곳입니다. 정치인들은 벌써 득시글득시글 끓고 말이죠. 부인, 메뚜기보다 더 나쁜 해충이 있다면 분명히 정치인일 겁니다⋯⋯."

아빠나 엄마가 입을 열기도 전에, 기적 소리가 요란하고 길게 울렸다. "기차가 부르는군요." 에드워즈 씨가 말하더니 자리에서 일어났다.

에드워즈 씨는 오리건으로 간다. 떠날 때 그는 맹인인 메리의 치마에 몰래 20달러짜리 지폐 한 장을 숨겨 놓는다. 대학에 갈 때 보태어 쓸 수 있게끔.

에드워즈 씨는 제 한 몸만을 책임지는 외톨이다. 그는 결혼도 하지 않았고 자식도 없다. 거친 사람들을 상대하지만—칼에 베인 흉터를 보라—고결한 숙녀와 어린이, 장애인에게는 늘 기사도를 발휘한다. 문학적인 기질이 강한 사람이라면 그를 이렇게 묘사할지도 모른다.

여기 이 비열한 거리를 지나가야만 하는 한 남자가 있다. 그 자신은 비열하지도 않고, 때 묻지도 않으며, 두려움도 없는 남자……. 그는 완전한 인간이고 평균적인 인간이지만, 그럼에도 독특한 인간이어야 한다. 진부한 표현을 가져다 쓰자면, 그는 명예로운 남자여야 한다. 본능적이며 필연적으로, 물 흐르듯 자연스럽게, 물론 떠벌리는 일도 없이……. 그는 그 누구의 돈도 부정하게 취하지 않고, 타인의 무례함에 대해서는 필시 응당하고도 냉정하게 되갚아 주리라.

물론 이는 60년 전 레이먼드 챈들러가 자신의 탐정 주인공을 묘사하기 위해 쓴 글레이먼드 챈들러의 에세이「심플 아트 오브 머더」이다. 작가는 그 인물을 기사라고 생각했다. 더 나아가 자신의 기사가

"고독한 남자이고, 당신이 그를 긍지 높은 사람으로 대우하거나…… 애초에 그를 만나지 않는 게 나았으리라는 점이 바로 그의 긍지"라고 서술한다.

영국 태생인 챈들러가 만들어 낸 필립 말로는 새로운 종류의 캐릭터가 아니었다.[4] 그보다는 오랜 전통에 의지하며 미국인이 가장 값지게 여기는 주인공의 자질을 글로 옮긴 데 가까웠다. 에드워즈 씨는 잉걸스가의 딸들에게 거의 신화적인 인물이다. 이 사람은 아이들의 인생을 통틀어 딱 세 번 등장하는데, 번번이 "테네시에서 온 살쾡이"로서 크리스마스를 지켜 주고, 농장에 대한 그들의 권리를 보호해 주거나, 마지막으로 만났을 때는 맹인인 메리를 의롭게 도와준다. 그는 셰인조지 스티븐스 감독의 1953년

---

4 챈들러는 사실 1888년 시카고에서 태어났다. 현재 내 집에서 불과 몇 킬로미터 떨어진 곳이다. 그의 아버지는 챈들러가 태어나기 전에 어머니를 버리고 떠났다. 어머니는 아기가 몇 개월 되지 않았던 때 고향인 영국으로 돌아가 두 이모와 함께 아이를 키웠다. 젊은 시절 챈들러는 제2의 오스카 와일드가 되기를 염원하던 탐미주의자였다. 《웨스트민스터 리뷰》가 자기 글을 수차례 거절하자, 그는 캐나다로 이주했다. 제1차 세계 대전에서 캐나다군으로 공로를 세우는 등 파란만장한 이력을 쌓았지만, 결국엔 캘리포니아로 가서 석유 산업 홍보 일을 했다. 직장을 잃고 나자 그는 첫사랑이었던 글쓰기로 돌아갔는데, 이번엔 미스터리를 선택했다. 그리고 전에 실패를 맛보았던 자신의 초년 스타일에서 최대한 멀리 벗어나고자 헤밍웨이의 스타일을 의도적으로 모방했다.

작 서부 영화 속 외톨이 주인공. 원작은 잭 쉐퍼의 동명 소설처럼 서부로 떠나간
다. 그리고 셰인처럼, 혹은 필립 말로처럼, 인간에게 강한 애착
을 갖지 않는다. 사람들이란 영웅적 자질에 방해가 되니까.

외톨이 주인공에게는 또 하나의 핵심적인 특성이 있다. 바로
그—혹은 그녀—가 법 대신 자기 손으로 직접 정의를 구현한다
는 점이다. 정의의 편에 선 주인공은 법을 악용하고 있을지 모르
는 인간들에 맞서 싸우기 때문에, 우리는 주인공의 직관적인 도
의심이 법보다 낫다고 신뢰한다. 로저 윌리엄스가 법에 대하여
매사추세츠 치안 판사들보다는 갱생한 기독교인인 자기 자신의
분별력을 더 신뢰했던 것과 똑같이 말이다.

1920년 헨리 루이 멩켄과 조지 진 네이선은 계간 《블랙 마스
크》를 창간했다. 이로써 미국인들에게 외톨이 주인공을 소개해
주는 정식 매체가 처음 등장했다. 《블랙 마스크》는 본래 미스터
리뿐 아니라 서부극, 공포 소설, 모험 소설과 이색 소설을 실었
으나, 1926년 새 발행인과 편집부는 이 잡지를 미스터리 전문
간행물로 만들었다. 여기서 대실 해밋과 레이먼드 챈들러가 작
가로서 첫발을 내디뎠다.

또 다른 작가 캐럴 존 데일리는 초창기 《블랙 마스크》 여러 호
에 걸쳐 글을 실었고, 1923년 미국 최초의 하드보일드 탐정 레
이스 윌리엄스를 창조했다. 인류human race를 연상시키기 위해

레이스라는 이름을 일부러 고른 것이었다. 어느 사건에서 레이스 윌리엄스는 사설탐정이라는 캐릭터를 명료하게 설명한다. "내가 비정하거나hard boiled 냉혈한처럼 보인다면 미안합니다……. 그러나 총으로 먹고 사는 자들은 총으로 죽어야 합니다." 하지만 그는 기분 내키는 대로 사람들에게 총을 쏘는 게 정당하다고는 생각지 않는다. "나는 정의와 정정당당한 승부를 굳게 믿습니다……. 내 양심은 투명합니다. 나는 마땅한 이유 없이 누군가를 제거한 적이 없습니다."

레이스 윌리엄스는 정의와 도덕성에 대한 하드보일드 탐정의 태도 또한 제시했다.

내게 옳고 그름이란 법령으로 적혀 있는 게 아니다. 교수들이 쓴 장황한 소론에서 내 도덕률을 찾지도 않는다. 내 도덕 원리는 나만의 것이다. 그게 좋다는 이야기도 아니고, 나쁘다고 인정하는 것도 아니다. 더구나 나는 다른 이들이 그 주제에 어떤 의견을 가지고 있는지는 관심이 없다.

캐럴 존 데일리는 저 구절을 1923년에 썼다. 이는 현재 미국

이 다른 국가들을 대하는 태도와 거북스레 궤를 같이한다.[5]

레이스 윌리엄스는 자기 자신의 도덕성마저 개별적으로 규정할 만큼 극심한 개인주의자였다. 그러니 수많은 사람들을 죽였지만 죽어 마땅한 경우에만 죽였다. 대실 해밋은 작가로서 막 활동하기 시작했을 때 이보다도 더 도덕성에 개의치 않았다. 개인적인 차원의 도덕성조차 말이다.

해밋이 《블랙 마스크》에 발표한 여러 단편 및 첫 장편 『붉은 수확』에는, 콘티넨털 탐정 사무소 소속의 이름 없는 탐정이 화자로 등장한다. 그에게는 윤리나 도덕이 없다. 임무를 완수하고 살아남는 것만이 유일한 신조인 그 인물은 그야말로 개인주의자라 할 만하다.

『붉은 수확』은 끔찍한 소설이다. 폭력이 너무도 만연하여 탐

---

5 2006년 10월 법제화된 군사위원회법은 본질적으로 대통령에게 자기만의 도덕과 법을 만들어 낼 수 있는 권한을 부여한다. 그리고 대통령은 다른 이들이 그 주제에 어떤 의견을 가지고 있는지에 단연코 관심이 없다. 같은 달에 UN 고문 특별조사관 맨프레드 노왁은 기자 회견에서, 교도소나 구속 방침에 대한 비판이 나올 시 각국 정부가 '지나치게 자주' 미국과 같은 방식으로 억류자를 다룬다는 말로 대응한다고 언급했다. 요르단 정부는 노왁에게 억류 방침이 "미국에서도 실행되는 수준이라면 잘못된 것일 리가 없다"고 밝히기도 했다. 2006년 10월 24일자 《LA 타임스》에서 인용.

정조차도 거기 물들어 버리기 때문이다. 그리하여 독자가 공감할 수 있는 인물은 아무도 없다. 화자는 사건에 연루된 모든 사람을 서로 싸움 붙이는 식으로 포이즌빌에서의 문제를 해결한다. 그 자신은 아편과 알콜에 취해 넋을 잃는데, 인사불성 상태로 어느 여자를 죽였을지 모른다는 생각을 하면서도 전혀 가책을 느끼지 않는다.

해밋은 『몰타의 매』로 더욱 매력적인 주인공을 만들어 냈다. 이름 없는 탐정─혹은 레이스 윌리엄스, 에드워즈 씨─처럼 샘 스페이드는 제 손으로 정의를 구현한다. 마지막에 범죄자들을 경찰에 넘겨주긴 하지만, 자기 동료의 죽음과 매 조각상 추적에 얽힌 모든 사람의 역할을 밝혀낸 뒤에야 가능한 일이다.

스페이드는 이후 모든 문학 작품에서 사설탐정의 전형적 특징으로 굳어진 자질을 제시한다. 즉, 인간의 동기에 대한 직관적인 이해로 범죄를 가려낼 수 있는 능력이 바로 그것이다. 그는 브리지드 오쇼네시가 자기 동료를 죽인 게 틀림없음을 간파한다. 명백한 법의학적 증거가 있어서가 아니라, 동료가 어떤 사람인지 잘 알기 때문이다. 마일스 아처란 남자의 천성을 아주 잘 이해하기에, 미모의 여자만이 그를 골목으로 유인해 직사 거리에서 총으로 쏠 수 있었으리란 점을 깨닫는 것이다.

스페이드에게는 또 하나의 특성이 있는데, 이 또한 현대 사설탐정물에서 흔히 나타나게 되었다. 위축되거나 감상에 빠지는 일 없이 인간의 동기를 들여다보는 능력 말이다. '브리지드 오쇼네시를 보내 버릴' 준비, 즉 경찰에 인계할 준비를 하는 대목에서, 스페이드는 뚱뚱한 남자가 몰래 약물을 탄 음료를 건네고 윌머를 시켜 폭행했을 때보다도 더 심한 육체적인 고통에 빠진다. 그러나 브리지드에게 마음이 끌릴지라도, 그는 그 여자가 악당이라는 사실을 마주한다. 그녀를 낭만적으로 봐 줄 여지는 전혀 없다. 브리지드가 참회하거나 감정 변화를 겪을 일은 없을 테니까.

샘 스페이드는 『몰타의 매』라는 한 권의 책 속에서보다 그 바깥에서 더더욱 많은 정복을 이뤄 냈다. "『몰타의 매』를 읽은 뒤, 나는 랜슬롯 경아서왕 전설의 '원탁의 기사단' 중 하나로, 기사도의 전형과 같은 인물이다 이후 어떤 책 속의 인물에게도 느껴 보지 못한 상사병에 걸려 멍하니 서성거렸다." 도러시 파커는 1930년 《뉴요커》에 이렇게 썼다. 그리고 그 책이 출판된 뒤 2년 동안 30번에서 40번은 다시 읽었노라고 덧붙였다.

스페이드나 그 창작자에게 넘어간 여자가 저 신랄한 평론가뿐만은 아니었다. 대실 해밋이 인파가 북적이는 할리우드에 끼어들어 돈을 벌어 보려고 샌프란시스코에서 로스앤젤레스로 이주한 뒤, 수십 명의 여자들이 그와 잠자리에 들었다. 1931년에 릴

리언 헬먼은 심지어 로스앤젤레스에 남편을 버려두고 뉴욕까지 해밋을 따라가기도 했다.

해밋은 미국 문학계에서 매우 복합적인 인물이었다.

그는 볼티모어 근처에서 지독한 가난을 겪으며 자라났다. 1907년, 열세 살 때는 자기 가족을 부양하기 위해 학교를 그만두어야 했다. 스물한 살이 된 1915년 핑커턴 탐정 사무소에 들어갔지만, 미국이 제1차 세계 대전에 참전하자 구급차 운전병으로 입대했다. 그리고 1918년 부대를 휩쓸던 유행성 독감에 걸렸다. 폐가 워낙 심하게 손상되었기에 몇 년 동안 침대에서 일어날 기운조차 없는 날이 잦았다. 그는 변변찮은 장애 수당에 기대 생활했으며, 건강 문제 때문에 어떤 일이든 꾸준히 할 수가 없었다. 핑커턴 사무소에 잠시 복귀하기도 했는데, 고작 4개월쯤 일하다 폐 기능이 완전히 떨어져 그만두었다.

해밋의 사생활은 자세히 들여다볼 만한 가치가 없다. 그에게는 아내와 두 자녀가 있었다. 그러나 뉴욕으로 이주하며 이들을 사실상 유기했고, 샘 스페이드 덕분에—일시적으로나마—부자가 되었는데도 딸들이나 아내에게는 생활비를 거의 지원하지 않았다. 파라마운트사는 주당 2천 달러로 해밋을 고용했다. 현재 화폐 단위로는 거의 주당 2만 7천 달러인 셈이다. 해밋은 1만 달러(오늘날의 13만 3천 달러)나 드는 휘황찬란한 파티를 벌이거나 신인 여배우와 작가 무리와 어울려 주말 휴가 내내 술을 마시는 등 자기가 생각하는 상류 생활을 누리는 데 돈을 탕진했다. 수입 일부는 강간 혐의를 무마하는 데 들어갔는데, 해밋은 변명하려는 시도조차 안 했다.

해밋은 몸이 허약한데도 술고래에 골초였다. 그는 포크너의 뉴욕 아파트에서 같이 늘어지게 주말을 보내곤 했다. 표면상으로는 문학을 논한다는 이유에서였지만 실제로는 술을 하도 많이 마시는 바람에 윌라 캐더를 위해 크노프 출판사에서 연 만찬에 참석했다가 둘 다 인사불성이 된 적도 있다(직원들이 포크너는 깨워서 식당으로 데려갈 수 있었지만 해밋은 다시 길가로 끌고 가 택시에 태워 호텔로 보내야만 했다).

이렇듯 사생활은 미심쩍을지라도, 공적으로 볼 때 해밋은 챈들러가 말한 '명예로운 남자'였다. 그는 1951년 연방 교도소에서 6개월을 보냈다. 자기가 의장을 맡고 있던 시민권의회에 관해 의회에서 증언하기를 거부했기 때문이다. 의회는 체포된 노조 활동가들을 보석으로 풀어 주었는데, 그들 다수는 흑인이었고 일부는 공산주의자였다.

1930년대 악명 높은 다이스 위원회비미 활동 위원회는 초대 위원장 (1938~1945)을 맡았던 마틴 다이스의 이름을 따서 다이스 위원회라 불리기도 했다 시절 이후로, 의회와 FBI는 시민권 운동가들을 공산주의와 완전히 동일시했다. 1960년대에 FBI가 마틴 루터 킹 주니어를 공산주의자로 꾸며 보려 애쓰며 집요하게 괴롭힌 것도 그저 30년 동안 이어진 공무의 연장일 따름이었다. 의회는 1930년대에 루스벨트의 연방 연극 사업을 중단시켰다. 흑인과 백인이 무대에서 함께 공연할 기회를 준다는 이유에서였다―다이스 의원이 보기에 이는 명백히 공산주의의 징조였다.

해밋은 많은 작가 단체만이 아니라 인종 평등과 시민권에 전념하는 단체에서도 활발하게 활동했다. 그는 수감 생활을 마치고 몇 년 뒤 다시 의회에 불려 갔고, 이번엔 매카시 위원회에 출두했다. 그 상원 의원은 해밋 본인이 빨갱이이기 때문에 첫 장편 소설 제목을 『붉은 수확』이라 지을 수밖에 없었을 거라고 굳게 믿었다.

30년대와 40년대에 헤밋이 공공연하게 공산당을 지지한 것은 사실이지만, 실제로 『붉은 수확』이라는 제목을 붙인 건 블랜체 크노프_{남편 알프레드 크노프와 함께 크노프 출판사를 공동 창립한 출판인}였다. 그녀는 해밋이 정한 원제 『포이즌빌』이 독자를 떨어뜨릴 거라고 생각했다. 심지어 매카시는 국무부 직원들이 해밋의 공산주의 저작에 노출되지 않도록 모든 미국 대사관에서 그의 책을 없애 버리기까지 했다. 1961년 해밋이 사망하자, FBI는 매카시 시대의 요주의 인물이자 양차 대전 참전 용사인 그가 알링턴 국립묘지에 묻히지 못하게 막으려고도 했다.

핑커턴 사무소가 맡은 사건 중 세간의 이목을 사로잡은 몇몇 사례에서 해밋이 자기 역할을—자기 존재까지도—부풀려 말하긴 했지만, 그는 범죄와 범죄자에 대하여 다른 누아르 작가들이 갖지 못한 경험적 지식을 지니고 있었다. 해밋은 1934년 『몰타의 매』 서문에 이렇게 썼다.

스페이드에게는 원형이 없다. 그는 나와 함께 일했던 사설탐정들 대부분이 되고자 하는 존재, 또 우쭐해진 순간이라면 상당수가 자기도 꽤나 이에 가깝다고 생각하던 존재이다. 당신이 만날 사설탐정은 셜록 홈스 같은 방법으로 수수께끼를 푸는 박식한 해결사가 되고자 하지 않는다. 그는 냉정하고 교활한 사내가 되고자 한다. 어떤 상황에서도 제 한 몸을 건사할 줄 알고, 범죄자든, 무고한 목격자든, 의뢰인이든, 접촉하는 모든 이를 능가할 수 있는 사내 말이다.

스스로에 대한 내밀한 환상을 글로 쓰는 과정에서, 어찌된 일인지 해밋은 도러시 파커부터 매카시까지, 또 그 밖에도 각각의 독자가 자기 자신이 품고 있던 상을 투영할 수 있는 풍경을 창조했다.

해밋과 캐럴 존 데일리는 아무에게도 마음을 쓰지 않는 날것 그대로의 개인주의자를 창조했다. 우리는 그들을 좋아하는 게 아니라 그들의 자부심에 탄복해야 했다. 레이먼드 챈들러는 이 비정하고 도덕성 없는 남자들에게 내티 범포나 잉걸스의 에드워즈 씨가 지닌 옛 카우보이의 기사도를 둘러 새로이 겉치장을 했다.

필립 말로는 "보스의 여자를 유혹할지도 모르지만…… 처녀를 더럽히지는 않을 것이다. 한 가지 면에서 명예로운 남자라면, 매사에 명예로운 남자이기도 하다."『안녕 내 사랑』에서 그는 전직 나이트클럽 가수 벨마를 가차 없이 다룬다. 그녀는 헌신적인 연인을 배신하고 살인 혐의까지 떠넘기는 인물이다. 하지만 말로는 처녀인 앤 리오단은 지켜 주며, 그녀가 먼저 원할 때조차도 키스해 주지 않는다. 왜냐하면 그는 앤이 더럽혀진 자들의 세계에 발을 들여놓기를 원치 않기 때문이다.

하드보일드 소설에서는 부유하고 권력을 쥔 자들이 해악을 끼친다. 예컨대 보전해야 할 지위와 명성을 지닌 조합장이나 기업 임원이나 의사나 변호사가 그에 해당한다. 그들은 자기만의 고립 상태에 틀어박혀서, 자신과 저 밖의 세상 사이를 차단해 줄 방패막이로 돈과 권력을 이용하려 한다.

이는 챈들러보다 내 작품에서 훨씬 더 꼭 들어맞는다. 챈들러를 아주 강하게 의식하고 썼던(난 무릎 위에다 『호수의 여인』을 펼쳐 놓았다) 내 첫 소설 『제한 보상』에서, V. I. 워쇼스키는 시카고 노스쇼어의 극도로 부유한 교외 지역에 간다. 살해된 은행 간부의 가족과 V. I.가 대화하는 장면에서, 가족 한 명이 이렇게 말한다.

"지금 우리한테 엄포를 놓는 건가?"

"그러니까, 진상을 밝혀내겠다고 엄포를 놓는 거냐는 뜻이라면, 그렇다고 답해 드리지요……."

"잠깐만요, 테드." 잭이 더 나이 든 남자를 향해 팔을 흔들며 말했다. "저 여자를 어떻게 상대해야 할지는 내가 알아요." 그가 내게 고개를 까딱거렸다. "자, 얼마면 될지 말해 봐요." 그가 수표책을 꺼내며 말했다.

스미스 앤드 웨슨을 뽑아 총신으로 놈을 마구 때리고 싶어 손가락이 근질근질했다. "철 좀 드시죠, 손데일 씨……. 이 세상엔 돈으로 살 수 없는 것들도 있습니다. 당신이나 당신 장모나, 위넷카 시장이 뭐라고 하든 간에, 나는 이 살인 사건을, 아니, 사건들을 조사할 겁니다."

나는 침울하게 살짝 웃어 보였다. "이틀 전 존 세이어

씨가 내게 이 사건에서 손 떼는 대가로 5천 달러를 쥐어
주려고 하던데. 여기 노스쇼어에 사는 당신네는 무슨 꿈
나라에서 사시는 모양입니다. 인생에서 무슨 일이든 잘
못 굴러간다 싶으면 전부 다 돈으로 덮어 버릴 수 있다고
생각하죠. 쓰레기를 치우라고 청소부를 고용하거나, 그
쓰레기를 싹 모아 밖에 내다 버려 줄 가정부를 두는 거랑
똑같이요. 만사가 꼭 그렇게 돌아가지는 않습니다. 존 세
이어는 죽었어요. 그 사람이 무슨 지저분한 일에 얽혀 있
었든지, 자기한테서 아주 멀찍이 떼 놓을 만큼 돈을 뿌리
진 못했더군요……."

부유층의 자립성은 사실이라기보다는 허구에 가깝다. 권력자
들은 자기 지위를 이용하면 제 욕망을 채워 주는 요소 말고는 전
부 다 차단할 수 있다고 믿는다. 누구도 그렇게 동떨어져 있지
않다는 점을 보여 주는 것이 탐정 소설의 기능 중 하나다. 살인
사건이 일어나 사회 속의 다른 이들과 대립할 수밖에 없는 상황
으로 몰리는 것이다.

어떤 의미에서, 사설탐정 소설의 악당들은 사업가 세계의 로
저 윌리엄스라 볼 수 있다. 그들은 사회 전체에 필요한 이익보다
는 자기한테만 필요한 이익이 훨씬 중요하다고 생각한다. 그리

고 재미있게도 사설탐정, 아니면 적어도 **나의** 사설탐정은 외톨이 내티 범포의 전통에서 벗어나 사회로 나아갔다.

나는 최근에 챈들러의 작품들을 다시 읽었다. 처음 읽었을 때는 악독한 요부 캐릭터에 가장 충격을 받았지만, 이번에 읽을 땐 필립 말로의 고독이 눈에 띄었다. 이따금 경찰서에서 누군가와 체스를 두는 때를 빼면 그는 시종일관 혼자다. 여자와 함께 밤을 보내게 되는 두 번의 경우엔, 아침에 침대를 찢어 버릴 정도로 심란해한다.

나의 탐정은 그렇게 심한 고독을 견뎌 낼 수 없었다. 개인적이며 미시적인 차원에서, 그녀는 친구와 개, 연인이 필요하다. 연속성과 친교가 필요하다. 더 넓은 차원에서 그녀가 뛰는 무대를 살펴보자면, 사회 전체에 영향을 끼치는 범죄 현장과 긴밀한 관계를 맺는다.

워쇼스키 시리즈의 12번째 권『파이어 세일』에서 V. I는 모교인 고등학교에서 여자 농구부 코치로 자원 봉사를 하다가 범죄 수사에 개입하게 된다. 이 사건은 그녀를 사우스시카고의 더러운 늪지대 구정물로 몰아가고, 여학생들의 가족이 무미건조한 인생에서 위안거리를 얻으려 찾아가는 허름한 교회들로 몰아가고, 그 가족들이 겪는 혹독한 경제적 현실의 한복판으로 몰아간다. 그리고 이 사건 때문에 그녀는 산더미 같은 시카고의 쓰레기

매립지에서 거의 죽기 직전까지 내몰린다.

막판에 V. I.는 몇 안 되는 사람들을 위해 몇 안 되는 문제를 바로잡았지만, 자기가 한 일은 사우스사이드의 고난을 해결하기엔 새 발의 피에 불과하다고 느낀다. 위스키 병이나 체스판을 앞에 놓고, 레코드를 걸어 두고 생각에 잠긴 채 혼자 앉아 있는 필립 말로와 달리, V. I.는 가장 오랜 벗인 의사 로티 허셜과 저녁을 먹으러 나간다.

나는 이번에 얼마나 좌절감을 느꼈는지 얘기했다. 로티는 못마땅해서인지 동의할 수 없어서인지 눈살을 찌푸렸다.

"빅토리아, 너도 내 할아버지, 그러니까 아버지의 아버지가 아주 엄격한 유대인이었던 거 알지."

나는 깜짝 놀라며 고개를 끄덕였다. 로티는 죽은 가족에 대해서 얘기하는 일이 극히 드물었으니까.

"우리가 함께 보냈던 그 끔찍한 1938년 겨울에, 비엔나 게토의 방 두 칸에 열다섯 명이서 복작복작하는데, 할아버지가 손주들을 전부 불러 모으더니 우리한테 이렇게 말했어. 랍비들 말씀이, 우리가 죽어서 심판대 앞에 서면 네 가지 질문을 받게 된대. 사업 거래를 할 때 공정하고

정직했는가? 가족들과 단란한 시간을 보냈는가? 토라를 공부했는가? 마지막으로, 중요한 건데, 메시아가 재림하리라는 희망을 품고 살았는가? 그때 우린 희망은 고사하고 당장 먹을 것도 없이 살고 있었지. 하지만 할아버지는 절망적으로 사는 건 거부했어. 내 자이데_{유대인들이 사용하는} _{이디시어로 '할아버지'를 뜻한다} 라트부카는.

나로 말할 것 같으면, 메시아 재림은 고사하고 신의 존재 자체를 믿지 않아. 하지만 희망을 품고 살아야만 한다는 걸 자이데한테 배웠어. 자기가 하는 일이 세상을 변화시킬 수 있다는 희망 말이야. 네 일도 그래, 빅토리아. 네가 마법 지팡이를 휘둘러 스러진 제철소 잔해를 싹 걷어 낼 수는 없어. 사우스시카고의 파탄 난 인생들을 씻어 낼 수도 없지. 하지만 넌 네 고향으로 돌아가서, 미래에 대해 한 번도 생각해 본 적 없던 여자애들을 거뒀고 그 애들이 미래를 꿈꾸게, 대학에 가고 싶다는 생각을 품게 만들었어. 로즈 도라도가 직장을 얻어 자식들을 키울 수 있게 해 줬고. 만약에 메시아가 정말 재림한다면, 딱 너 같은 사람들, 이렇게 소소하고 고달픈 일들을 하면서 이 고달픈 세상에 작은 변화를 이뤄 내는 사람들 때문일 거야."

그 말은 작은 위로에 불과했고, 그날 저녁 식사 중에는 차가운 느낌마저 주었다. 하지만 시카고의 회색빛 겨울 나날이 오래 이어지는 동안, 어느새 내 마음은 로티의 할아버지가 품었던 희망 덕분에 따스해져 있었다.

이러한 전환은 내가 스스로의 작품에서 발견하게 되는 흥미로운 지점이다. 글쓰기를 시작했을 무렵에는 사설탐정의 통념을 의식적으로 본떴다. 말로가 혼자 살았어? 그럼 V. I.도 혼자 살지. 말로가 고아였다고? 그럼 나는 V. I.의 소중한 부모님을 글자 한 줄로 죽이고. 말로가 책의 3분의 1쯤에 얻어맞았다? 그럼 『제한 보상』의 3분의 1쯤, 웬 깡패들이 계단통에 서 있던 V. I를 덮쳐 때려눕히는 거다.

하지만 찬찬히 계획한 게 아닌데도, 맨 처음부터 내 외톨이 주인공의 삶에는 사회가 스며들기 시작했다. 로티 허셜이라는 의사가 처음으로 도착했고, 로티의 친구들, 연인들, 병원 직원들이 함께 왔다. 『살인 명령』에서는 평판 나쁜 화폐 위조범인 로티의 삼촌까지 등장했다. V. I.의 부모님은 『제한 보상』이 시작되기 전에 사망했지만, 소설 속에 살아 숨 쉰다. 그녀가 부모님의 충고와 비판을 기억하고, 무엇보다도 자신을 향한 깊고 변함없는 사랑을 기억하므로. 그녀는 여성 보호 시설의 중역을 맡으며, 젊은 사람들과 더불어 일하고, 같은 아파트에 사는 노인과 함께 개 두 마리를 돌본다.

V. I.가 만나게 되는 카우보이들은 어마어마하게 부유한 범죄자들이다. 그들은 명예로운 남자도 아니요, 명예로운 여자도 아니다. 다만 탐욕에 찌들고, 자기 자신의 인생을 포함해 주변 이들의 인생 만사에 걸쳐 특권 의식에 물들어 있는 자다.

이러한 기업형 카우보이들은 로저 윌리엄스의 후예이지만 일그러지고 타락한 후계자다. 윌리엄스는 무엇이 옳은지, 무엇이 구원에 필요한지에 대한 절박한 감각에 따라 행동했다. 오늘날의 외톨이는 무자비하고, 영속성에 무관심하며, 손익 계산서 맨 밑줄에서 두 눈을 떼지 못한다. 내가 존 윈스럽이나 로저 윌리엄스, 혹은 라이먼 비처라면, 계산서 맨 밑줄과 지옥 맨 밑바닥의 유사성에 대한 설교를 할지도 모른다.

나의 탐정은 사회와 고립 사이를 오락가락한다. 혼자 지낼 때면 윌리엄스가 매사추세츠 식민지에 반기를 들지 않고는 못 배겼던 충동과 동일한 감정에 이끌리기 때문이다. 부정한 자들이 사회를 장악했다는 두려움 말이다. 링컨이 말한 대로, 그녀는 "신께서 우리에게 보여 주신 정의에 대한 굳은 확신"을 추구한다.

V. I.는 자기가 절대로 틀리지 않는다고, 자기 견해가 유일한

답이라고 주장하는 법이 없다. 다만 그래야만 한다면 홀로 걸어 갈 것이다. 이 점에서 그녀는 영웅적인 카우보이들, 『버지니언』, 셰인, 심지어 필립 말로와도 밀접하게 묶여 있다. 우리 국가의 신화 속에서, 명예로운 사람이라면 근본적이며 변치 않는 정의 를 수호하기 위해 제 손으로 직접 정의를 구현해야 한다. 이것은 대문자로 강조된 정의다. 소문자로 적힌 정의는 권력자들이 매 수하고 악용해 왔기 때문이다.

V. I.는 허세 부리지 않는다. 그녀는 세상을 구하려고 들지 않 는다. 자기 힘으로는 그게 불가능하다는 것을 알고 있으니. 하 지만 자신을 둘러싼 작은 환경에서는 링컨이 그랬듯, "상처를 붕대로 싸매고, 전투에 임할 남자와 그 과부와 고아를 보살피려 고" 노력한다.

나는 오늘날 그런 위상을 지닌 영웅을 찾기 위해 많은 노력을 쏟을 것이다. 워싱턴에 갈 때마다 링컨 기념관에 들러 링컨을, 그의 슬프고 지혜롭고 온화한 얼굴을 올려다본다. 그를 보며 부 디 돌아와서 이 나라를 구해 달라고 기도한다. 세월이 가며, 많 은 사람들이 여기 와서 나와 똑같은 일을 한다는 사실을 알게 되 었다. 우리에게는 오늘날 전 세계를 종횡무진 누비고 다니며 약 탈을 일삼는 무모한 카우보이들이 필요치 않다. 우리에게는 기 꺼이 그런 영웅적인 외톨이가 되고자 하는 사람, 협잡꾼과 폭력

배가 방벽을 깨부수고 있을 때조차도 정의를 대표하고자 하는 사람이 절실히 필요하다. 링컨이 없는 지금은, 아쉬운 대로 우리의 사설탐정들이라도 나서야 하리라.

5장

진실, 거짓말, 그리고
초강력 접착테이프

진실, 거짓말, 그리고 초강력 접착테이프

여러 해 전에, 나는 옥스퍼드 대학교 울프슨 칼리지에서 객원 교수로 지내는 영광을 누렸다. 옥스퍼드라면 도러시 세이어스 와 마이클 이네스의 범죄 소설에서 접한 인상이 전부였다. 나는 해리엇 베인도러시 세이어스가 쓴 귀족 탐정 피터 윔지 경 시리즈 속의 여성 미스터리 작가처럼 험프리 공작—보들리언 도서관 중 15세기부터 보존된 건물을 일컫는 별칭—의 품에 안겨, 처웰 강에서 펀트 배를 타고 선잠에 빠지다 포근한 방으로 돌아가는 내 모습을 그렸다. 그곳 에서 엘리자베스 1세 시대풍 창문 너머로 보이는 교정 뜰의 멋 진 경치에 감탄하며 셰리주를 곁들인 소박한 파티를 열고 말이 다.

현실은 조금 달랐다. 진실로, 보들리언 도서관의 역사와 구불

구불한 낡은 계단, 그리고 아주 큰 손 글씨로 적힌 카드식 도서 목록에는 경외심이 들었다. 그러나 내가 품었던 다른 모든 환상은 그냥 환상으로 남았다. 그곳에서 지낸 11주 동안은 펀트 배를 타기엔 너무 춥고 비가 많이 내렸다. 그리고 대학에서 마련해 준 거처는 원래 요양원이었는데 옥스퍼드 시의회가 불가 판정을 내리자 울프슨이 사들여 대학원생과 객원 연구원용 숙소로 삼은 곳이었다. 내 방은 1층에 있었고, 3층 욕실을 남학생들 다섯 명과 함께 썼다. 개인위생 관리에는 영 소질이 없는 이들이었다.

머잖아 나는 〈아프리카의 여왕〉 속 캐서린 헵번을 우스꽝스럽게 흉내 내는 기분이 들기 시작했다. 난 항상 데톨—영국의 살균 스프레이—을 들고 욕실에 갔다. 샤워할 때는 늘 플라스틱 슬리퍼를 신은 채로 비닐을 두르고 팔이나 다리를 잽싸게 내밀어 물로 씻었다. 그리고 내 방으로 돌아오자마자 슬리퍼에 데톨을 뿌렸다.

내 소설 속 탐정 V. I. 워쇼스키는 집안일에 대해 될 대로 되라는 식의 사고방식을 가지고 있다. 나 자신의 모습을 정확히 반영한 것이다. 예전에 내 책을 출간했던 스웨덴 출판사에서 워쇼스키란 인물은 왜 그리 지저분하냐고 묻길래 내가 아는 대로 쓴 거라 대답했더니, 편집자가 질색하며 뒷걸음질 친 일도 있다. 어쩌면 정말 이 점 때문에 그 출판사에서 내 책을 그만 내게 됐는지도 모른다. 사정이 이러니, 나 같은 사람마저 비닐과 데톨로 몸을 감싸게 만든 욕실 상태가 어떨지는 아마 상상하고 싶지 않으리라.

요즈음 비행기를 탈 때마다 그 요양원/기숙사가 문득 생생하게 떠오른다. 모두들 어떻게 행동해야 하는지를 몸으로 익혔다. 신발을 벗고 스타킹 신은 발로, 아니면 아예 맨발로 더럽기 짝이 없는 바닥을 걷는다. 다른 사람들의 신발이 들어 있던 통에 코트만이 아니라 재킷도 넣어야 한다. 언젠가 이동 중 추가 심사를 받아야 해서 멈춰 섰을 때는 보안 요원이 내 벨벳 재킷과 모자 위에 쓰레기통과 신발을 쌓아 올릴 동안 속수무책으로 지켜보아야 했다. 내가 항의하자 그들은 당연히 나를 더 오랫동안 대기 장소에 잡아 놓았다. 나는 내 두피에 무좀이 생길 날을 기다리고 있다.

* * *

지저분한 비행기에 몸을 싣자면 그것이 오늘날 우리네 삶을 나타내는 징후처럼 느껴진다. 마치 우리가 걷는 공항 바닥만이 아니라 우리의 마음과 손까지 세계 무역 센터의 잔해로 뒤덮인 것과 같다. 현재 미국에서는 삶의 모든 면이 9/11 사태에 대한 대중의 반응에 영향을 받는다. 이라크에서 벌이는 파괴적인 전쟁. 2006년 가을 내가 이 글을 쓰는 동안, 이라크 침공에 이어 이란을 상대로 전쟁을 벌이며 미국이 더욱 심한 죄악을 쌓으리라는 불길한 우려. 우리가 지닌 시민의 자유가 침해되는 상황. 정부가 공익을 위한 기금 사업에 나설 의지가 있다 해도 경제 붕괴로 인해 그럴 여력이 없는 상황. 그리고 무엇보다도, 조지 오웰이나 요제프 괴벨스는 되어야 감히 상상했을 법한 규모로 왜곡과 와전과 거짓의 언어를 사용하는 것.

이러한 시기에 미국인들은 분노와 혼란스러움을 느끼고 있다. 우리가 미국인으로서 느끼는 자의식이란 늘 거의 오만함에 가까운 자기긍정이었다. 이는 국가를 이루기 이전부터 시작된 감각이었다. 1630년에 존 윈스럽은 청교도인 무리를 이끌고 영국에서 매사추세츠만까지 왔을 때 이렇게 설교했다.

우리는 우리가 언덕 위의 도시마태복음 5장 14절 "너희는 세상의 빛이라 산위에 있는 동네가 숨기우지 못할 것이요"의 인용를 이룰 것이며 모든 사람들의 눈이 우리를 주시하리란 점을 숙고해야만 합니다. 그러므로 우리가 떠맡은 이 일을 하며 거짓으로 하나님을 대하고, 그 때문에 그분이 우리에게서 도움의 손길을 거두신다면, 전 세계에서 우리를 두고 이야기를 지어내며 웃음거리로 삼을 것입니다.

이렇듯 다른 사람들과 차별화되며, 더 낫고, 더 경건하고 확실히 더 옳다는 감각은 유럽인이 미국에 뿌리 내리고 살아 온 4세기 동안 지속되었다. 이 감각은 각기 다른 사람들에게 서로 다른 의미를 가졌다. 어떤 이들에게 이는 케케묵은 생각에 얽매이지 않고 새로운 일을 시도하고 실험할 자유를 의미했다. 다른 이들은 이를 우리 군인과 군사력이 천하무적이라는 의미로 받아들였다. 그런 사람들은 20세기에 두 번이나 유럽을 구원했으며 1917년 "라파예트, 우리가 왔소!"라 포효하며 프랑스에 상륙했던 나라가 어째서 우리의 군사력으로 이라크나 아프가니스탄, 더 나아가 전 세계를 지배할 수 없는지 이해하지 못한다.

다른 이들에게는, 인종 차별이나 폭도들의 린치가 만연하던 수치스러운 시절에도, 정의와 법치주의를 지키려는 굳은 약속 덕분에 실로 우리는 '언덕 위의 도시', 세상 어느 곳에서든 탄압받는 모든 이들을 위한 등불일 수 있었다.

나 자신도 미국이 안식처라는 믿음 속에서 자랐다. '망명자들의 어머니'인 자유의 여신상은 1911년 열두 살이던 내 할머니가 유대인 대학살을 피해 홀로 뉴욕항에 입항했을 때도 환영해 주었다. 어린 시절 나는 바로 미국이 내 할머니를 기꺼이 받아 주었기에, 아니면 적어도 등을 돌리지 않았기에(실제로 25년 뒤에는 나치의 폴란드 침공 직전 유대인 어린이들이 미국에서 입국 비자를 거부당했다) 나 또한 존재할 수 있다는 사실을 깨달았다.

더욱이 나는 연방 정부가 흑인 어린이들을 보호하기 위해 보안관을 파견했던 시절에 자랐다. 아이들이 등교하려면 분노하여 돌을 던지는 백인 어른 폭도들을 지나쳐 가야 했기 때문이다. 나는 학교와 직장과 침실에서의 차별, 그뿐 아니라 법원 내부에서의 차별을 허용하는 온갖 법을 대법원에서 폐지했던 때에 자라났다.

나의 모국이 해외에서 조약을 파기하고, 국내에서 헌법의 근간을 훼손하는 상황을 보며 느끼는 상실감이나 격노의 깊이를 표현할 방도가 없다. 우리 중 일부는 부패하고 타락했다 느끼고, 또 일부는 무력감과 분노를 느끼며, 국가의 분위기는 험악하다. 이와 같은 때에 작가로서 무슨 말을 어떻게 해야 할지 도통 알 수가 없다.

언어의 대가는 이런 식으로 표현한다.

이토록 귀중한 영혼이 깃든 이 땅, 이 귀중하고도 귀중
한 나라,

온 세상에 두루 명성을 떨친 이 소중한 나라가,

이제는 임대용으로 전락해―이 말을 내뱉기가 죽도록 괴롭구나―

마치 셋집이나 하잘것없는 농장과 다를 바 없는 신세로다.

잉글랜드여, 승리의 바다에 휘감겨

바위투성이 해안으로 해신 넵튠의 시샘 어린 포위를 물리치던

잉글랜드는 이제 수치에 휘감겼구나,

시커먼 잉크 얼룩과 썩어 빠진 양피지 채권 증서로.

저 잉글랜드, 예삿일로 다른 나라들을 정복해 온 잉글랜드가,

욕되이 제 스스로를 정복하였구나. [1]

침묵에서 발화로의 전진은 모든 작가에게 주어진 힘겨운 여정이다. 우리는 목소리와 비전을 찾기 위해 극도로 내밀하고 정신적인 상태를 유지해야 한다. 그리고 시장, 혹은 대중의 분노, 심지어 정부 검열이 우리의 목소리를 말살할 수도 있는 외부 세계

---

1 셰익스피어, 『리처드 2세』, 2막 1장.

에 우리의 작품을 내놓아야 한다.

미국에서 이는 새로운 문제가 아니다. 1851년 멜빌이 『모비
딕』을 출간했을 때, 대중과 평단의 반응은 극도로 적대적이었
다. 오늘날 우리가 미국 문학의 귀중한 업적으로 간주하는 그 책
은 멜빌의 일생 동안 판매 부수가 고작 5백 권쯤이나 될 정도로
미미했다. 세간의 평판 때문에 멜빌은 시종 당혹했고 가난하게
살았다. 가족을 부양하기 위해 가망 없는 일자리를 전전했으며,
밤에는 글을 쓰느라 고군분투했다. 그리고 거의 30년 동안이나
새벽이면 태워 버릴 파편적인 원고 뭉치만 써냈다. 한때 그는 호
손에게 다음과 같은 편지를 썼다.

저는 여건 때문에 이리저리로 몹시 끌려 다닙니다. 응
당 창작에 전념하게 되는 차분함, 풀 자라는 소리가 들리
듯 고요한 분위기는 좀처럼 제 것이 될 수 없습니다. 돈
은 저를 파멸시키고, 심술 맞은 악마는 영원히 날 내려다
보며 이죽이죽 웃습니다…… 내가 가장 절실히 쓰고 싶
은 글은 시장이라는 벽에 가로막힙니다. 돈이 되지 않을
테니까요.

1880년대와 1890년대에 집필 활동을 하며 혼자서 자녀 여섯

명을 키운 케이트 쇼팽은 장편 『각성』으로 맹렬한 비난 세례를 받았다. 그리하여 스크리브너스 출판사는 당시 인쇄기에 걸려 있던 쇼팽의 다음 책을 출판하지 않기로 결정하기까지 했다. 한 여성이 숨 막히게 갑갑한 결혼 생활에서 해방감을 얻으려고 바람을 피운다는 서사는 1899년 『각성』을 혹평한 3백 명의 비평가들에겐 도저히 감당할 수 없는 내용이었다. 5년 뒤 쇼팽은 자기 작품이 출판되는 것을 다시는 보지 못하고 44세의 나이로 사망했다.

침묵은 동의를 뜻하지 않는다. 침묵은 죽음을 뜻한다. 뭔가 할 말이 있지만 말하기가 두려울 때, 혹은 말하는 게 금지되었을 때, 우리는 마치 벽장 속에 갇힌 듯한 기분을 느낀다. 멜빌의 경우처럼 침묵은 시장에서 비롯될 수도 있다. 케이트 쇼팽의 경우처럼 대중의 히스테리에서 비롯될 수도 있다. 정부의 노골적인 검열에서 비롯될 수도 있다. 오늘날 미국에서 우리는 저 세 가지 원인이 한꺼번에 침묵을 강요하고 있음을 감지한다.

1. 달라진 시장 환경

작가 캘빈 트릴린은 언젠가 "오늘날 하드커버판 작가의 유통 기한은 대략 우유와 요구르트 중간쯤이다"라고 피력했다. 어째 서 그런지 알고 싶다면 사회 문제에 기민한 발언을 해 온 실베스 터 스탤론에게 의견을 구하라. "이야. 뭔가 하나 쓰는 데에 18년 이나 걸리는 사람들이 있다니 진짜 놀랍습니다. 그 양반이 『보바 리 부인』을 쓰는 데 딱 그만큼 걸렸는데, 그래서 베스트셀러 목 록에 오른 적이나 있답니까?"[1]

실베스터는 아무나 흉내 낼 수 없는 자기만의 방식으로 업계 를 강력히 옹호했다. 온갖 역경을 딛고 성공하는 외톨이 주인공 역할을 종종 맡긴 하지만, 스탤론은 인기 배우가 되고, 영화 속 에서는 맞서 싸웠던 거대 기업들로부터 자금을 지원받은 덕에 미국에서 가장 부유한 인물 중 하나가 되었다. (정확성을 기하기 위해 실베스터가 살짝 틀렸다는 점을 언급하고 넘어가야겠다. 플로베르가 실제로 『보바리 부인』을 집필하는 데엔 단 5년이 걸 렸다. 그렇다 해도, 스탤론은 3일 만에 〈록키〉 각본을 짜냈다니

---

1 IMDb.com에서 확인 가능한 《뉴욕 타임스》 인터뷰에서 인용.

집필 기간의 격차가 크긴 하지만.)

나는 20년 전에 첫 소설을 출판했다. 미국 중심부를 누비는
여성 사설탐정 이야기를 낼 만큼 과감한 모험에 나설 출판사를
찾느라고 내 에이전트가 1년을 꼬박 고생했다. 그래도 찔러 볼
출판사가 40군데는 넘었으니 꾸준히 발품을 팔았다. 이름도 쟁
쟁한 곳들이었다. 알프레드 A. 크노프, 찰스 스크리브너, G. B.
퍼트넘. 입에 올릴 때면 자연히 책이 떠오르는 이름. 워튼이나
해밋이나 포크너가 떠오르는 이름.

오늘날에는 엄밀히 말해 일곱 개의 출판사만 존재하는 셈이
다. 여기엔 걸프 앤드 웨스턴, 디즈니, 타임 워너도 들어간다.
이런 이름을 입에 올릴 때는 자연히 미키 마우스가 떠오른다. 시
골 의사의 아내에 대한 이야기를 쓰는 데에 18년이나—아님 5년
이든—걸린다고? 그 멍청한 놈은 잘라 버려. 바로 이런 일이 몇
년 전 하퍼콜린스(미디어 제왕 머독 소유의 출판사)에서 일어났
다. 잡지 구독을 취소하는 것만큼이나 쉽게 백 명이나 되는 작가
들과의 계약을 해지했으니 말이다.

다국적 미디어 기업들은 출판사를 줄줄이 사들이며, 출판인
에게서 경영권을 빼앗아 마케팅과 회계에 특화된 전문 경영인의
손에 쥐여 주었다. 오늘날 편집자들은 원고를 읽는 것보다 손익
계산서를 읽고 엑셀과 파워포인트로 마케팅 시나리오를 돌려 보

는 데에 더 많은 시간을 들인다. 사이먼 앤드 슈스터는 책을 상품으로 바꿔 놓는 일에 업계 선두로 나섰다. 대기업에 흡수된 초창기에 프록터 앤드 갬블사의 팸퍼스 부서 책임자를 영입했는데, 그는 책도 팸퍼스 기저귀와 똑같은 상품이므로 기호에 맞게 상품화될 수 있다고 선언했다.

물론 출판사와 서점도 항상 수익을 창출하기 위해 책을 출판하고 판매해 왔지만, 역사적으로 수많은 사람들이 상품 자체에 대한 깊은 사랑을 품고 찾아든 시장에는 다른 종류의 상품이 존재할 수 없다. 이때의 상품이란 영혼에 생기를 불어 넣을 수 있는 활자를 일컫는 이름인 것이다.

크노프나 베넷 서프도 손익 계산서를 작성하기 위해 보유 도서 목록 전체를 살펴보긴 했을 테지만, 프록터 앤드 갬블식으로 표현하자면 책 각각을 손익 중심점 삼는다는 점이 다르다. 베넷 서프는 포크너 같은 작가의 작품을 신뢰하기 때문에 출판했다. 『압살롬, 압살롬!』이나 『소리와 분노』가 간신히 손익분기점에 도달했을 뿐이어도 말이다. 서프는 각각의 책이 베스트셀러가 되기를 기대하기보다는 보유 도서 전체의 수익성을 고려했기 때문에 이런 판단을 내렸다. 스웨덴의 성수로 세례받기 전까지 포크너의 책들은 거의 팔리지 않았다. 아마 지금이라면 포크너는 노벨 위원회가 발견해 줄 만큼 오래 버티지도 못하고 서가에서 사라지리라.

80년대에 출간 계약이 이루어진다는 건 소매점도 함께 탄탄해진다는 뜻이었다. 서점이라는 이름의 소매점 말이다. 그러나 요즈음엔 대다수 사람들이 서점에서 책을 사지 않는다. 《뉴요커》에 따르면, 미국 내 도서 판매의 절반 이상은 창고형 할인 판매점에서 이뤄진다. 이 같은 상점에서 책은 단지 화장지처럼 나무를 원료로 한 상품으로 보일 뿐이다. 그 밖의 4분의 1은 반스 앤드 노블이나 보더스 같은 초대형 체인점에서 판매된다. 나머지 8퍼센트는 온라인이나 공항이나 슈퍼마켓에서 판매되며, 그러고도 남은 부분만 나 같은 구닥다리가 서점이라고 생각하는 가게에서 판매된다.

출판사들이 소수의 미디어 그룹으로 합병되고 체인점과 할인 판매점이 도서 판매의 주역으로 부상한 것은 스타 작가를 띄우는 시스템의 탄생과 밀접한 관련이 있다.

기본적으로 스타는 브랜드이다. 브랜드는 표지에 박힌 이름이 판매를 보증해 주는 작가나―몇 년 전 사이먼 앤드 슈스터 대표가 우리를 그렇게 불렀듯―콘텐츠 제공자이다. 사람들은 해리슨 포드나 줄리아 로버츠가 출연한 영화라면 종류나 품질이 어떻든지 극장으로 향한다. 밀봉된 상품―그러니까, 책―의 표지에 그리셤이나 콘월이 박혀 있으면 내용물의 종류나 품질이 어떻든지 사게 된다. 혹은, 클랜시나 패터슨의 경우에는, 표지에 이름을 올린 사람이 실제로 그 콘텐츠를 제공한 게 맞는지도 상관없이 말이다.

만일 당신이 브랜드만 입고하는 서점이라면, 책을 읽어 보았거나 정보를 꿰고 있는 직원이 없어도 판매에는 지장이 없다. 그저 금전 등록기를 만질 줄 아는 고등학생만 있으면 충분하다. 그리고 초대형 매장이 엄청난 수의 책을 갖춰 놓긴 하지만, 지난 10년 동안 책 판매는 사실상 매년 약 10퍼센트씩 감소했다. 초대형 매장에 입고된 15만 종의 책 중에서 단 5백 종만이 연간 도서 매출에서 절반 가량을 차지한다. 매출의 20퍼센트는 매장에서 가장 잘 팔리는 작가 백 명의 책에서 나온다.

이 모든 일은 출판물의 다양성에 끔찍한 결과를 초래한다. 인정받는 작가가 미국에서 자기 작품을 내 줄 출판사를 찾지 못하는 사례는 결코 케이트 쇼팽으로 끝나지 않았다. 이런 상황에 직면한 작가의 수는 급격히 늘어나고 있다. 오랜 기간 활동하며 자기 이름으로 펴낸 소설이 열 권에서 스무 권까지도 있으며, 그 판매고로 출판사에 이윤을 가져다 준 작가들이 오늘날 출판사를 찾지 못하고 있다.

어느 분야에서든 산업 집중이란 기본적으로 한 집단에게 이득을 준다. 대주주라는 한 집단에게만 말이다. 의료 보험을 알아보거나 난방비를 내는 사람이라면 누구나 알듯, 소비자에게는 전혀 득이 되지 않는 일이다. 지금 당장은 베스트셀러 도서를 체인점이나 할인 판매점에서 서점보다 더 싸게 살 수 있지만, 소비자의 선택권은 줄어들고 있다.

대형 할인점은 업계에서 큰 역할을 맡기 때문에 출판 결정을 내리는 데도 영향력을 행사한다. 구매 담당자들은 표지 디자인부터 어떤 책을 출판할지, 혹은 대대적으로 출시할지까지 모든 면에 발언권이 있다. 그들의 목표는 수월하게 매출을 올릴 책을 찾아내는 것이다. 땅콩버터를 판매하는 일엔 박식한 직원이 필요 없고, 병에 든 땅콩 바와 달걀 모양 통에 든 팬티스타킹 옆 상자에 가득한 '브랜드화'된 책을 판매하는 데도 박식한 직원이 필요 없다. 랜덤하우스 경영진과의 회의에서 코스트코는 더 잘 팔리기만 한다면 책 대신 개 사료를 진열할 거라고 압박했다.

시장은 전체주의 국가의 포고보다도 더 교묘하게 침묵하라는 압력을 가할 수 있다. TV와 신문사가 소수 투자자의 이윤을 극대화하기 위해 기자들을 쫓아내는 나라에서, 신뢰할 만한 정보를 찾기란 점점 더 어려워져만 간다. 대신 우리에겐 빈정거림, 입담 좋은 농담, 노골적인 거짓말이 제공된다. 그중 가장 큰 거짓말은 물론 사담 후세인이 9/11 테러를 일으켰으며, 대규모 핵과 생물학 무기를 보유하고 있었다는 점을 증명가능하다는 이야기다.

지난 5년 동안 몇 번이나 거듭, 정부는 도를 넘은 정책 미화 기사를 싣도록 언론사에 뒷돈을 지불하다가 적발되었다. 미국 최대 미디어 지주 회사 중 하나인 트리뷴 미디어 서비스에 칼럼을 공급하는 암스트롱 윌리엄스는 부시의 '아동 낙오 방지법'을 홍보해 주는 대가로 24만 달러를 받았다. 《USA 투데이》에서 금전 거래를 밝혀낸 다음에야 트리뷴은 그를 해고했다. 그다음 윌리엄스는 우익인 헤리티지 재단에 고용되어 그들 입맛에 맞는 칼럼을 웹사이트에 올리게 됐고, 조작된 행정 통계를 이용해 사회 보장 제도를 공격하는 글을 썼다.

2005년 3월 《뉴욕 타임스》는 국무부와 국방부를 포함하여 스무 곳도 넘는 연방 기관이 가짜 뉴스를 생산하고 있으며, 기자인 척하는 배우를 고용해 집행부 대변자들과 미리 짜고 인터뷰하는 경우도 있다고 보도했다. 약 2억 5천 4백만 달러의 세금을 들여서 말이다.[2] 이와 함께 여러 보도가 나왔지만 행정부가 다른 이름들로 '허위 정보' 부서를 열려는 시도를 막지 못했다. 이 모든 짓 때문에 진실과 거짓을 구분하는 일은 더욱 더 어려워진다.

---

2 "이제는 가짜 뉴스까지", 《뉴욕 타임스》, 2005년 3월 16일.

소설은 어떤 형태의 진실을 제시해 줄 수 있다. 면밀하게 조사해 보도하는 딱딱한 뉴스의 진실이 아니라, 세심하게 탐구해서 풀어낸 생생한 감정의 진실이다. 하지만 우리의 TV 방송국과 신문사를 소유한 미디어계 거물들이 우리의 출판사마저 소유한다면, 이제는 우리가 들을 수 있게 허용된 목소리들의 정체가 무엇일지 걱정해야 할 때이다. 저들의 진실, 저들이 규정하는 진실은 최대치의 순익에 달려 있을 터이다. 우리의 영혼을 뒤흔드는 책들, 멜빌이 말하는 '풀 자라는 소리가 들리듯 고요한 분위기'에서 우러나온 책들은 오로지 손익이라는 편협한 척도로만 존재하는 세계에서 살아남지 못할 것이다. 멜빌이 말했듯, 돈이 우리를 파멸시키기에 이르렀다.

2. 도서관과 시민의 자유

내가 작가 생활을 시작했을 때는 도서관이 내 성공에 지대한 역할을 했다. 첫 책 『제한 보상』은 3천 5백 부 정도 팔렸는데, 그 중 2천 5백 권은 도서관에 들어갔다. 오늘날 출판사들은 어느 작가와 계속 계약하려면 소설 한 권이 하드커버판으로 2만 5천 권은 팔리기를 기대한다. 하지만 20여 년 전에는 그보다 7분의 1만 팔려도 그럭저럭 성공적이라고 여겨졌기에, (지금은 없어진) 내 출판사는 두 번째 작품을 의뢰했다.

지금은 신인 작가들에게 모든 일이 더 어려워졌다. 여러 면에서 그러한데, 그중 하나는 도서관에서 구매하는 도서 수요가 급격히 떨어졌다는 점이다. 지난 20년 동안 어떻게 된 일인지 미국인들은 공익을 위해 세금을 내는 게 터무니없다고 판단을 내렸다. 그 결과 우리는 여러 차례 도서관 예산을 삭감해 왔고, 작금에 이르러 도서관이 도서 구입에 쓸 수 있는 예산은 20년 전 금액의 3분의 1 정도밖에 안 된다.

물론, 많은 사람들이 도서관이든, 학교든, 의료 복지든 상관없이 공익을 뒷받침하는 데 세금을 내는 거라면 분개한다. 이는 우리가 150년 동안이나 미국에서 벌여 온 논쟁이다. 빅토리아 시대 조세 저항 운동을 벌이던 많은 이들이 공공 도서관과 공립

학교를 사회주의나 공산주의라고 칭했다. 오늘날에도 비슷한 사람들이 비슷한 주장을 하고 있으며, 학교나 의료 복지와 마찬가지로 도서관도 이에 시달리고 있다.

오늘날 도서관은 예산 전쟁에서 막심한 손해를 보았을 뿐 아니라, 미국이 가장 소중하게 여겨 온 자유권에 가해지는 맹공격의 최전선에 놓여 있기도 하다. 이 공격은 9/11 테러 직후 공포가 휘몰아치던 몇 주 사이에 통과된 애국법과 함께 시작되었으나, 이에 국한되지만은 않는다. 당시 법무장관 존 애슈크로프트 (주요한 승진을 할 때마다 기름을 바른다고들 하기에 미주리주에서는 '크리스코 키드존 애슈크로프트가 상원 의원에 오르기 전, 목사인 아버지가 성유 대신 '크리스코' 브랜드 식용유를 부어 축복해 주었다는 일화에서 나온 별명' 로 알려져 있다)[1]가 테러 이후 2주 안에 3백 페이지 분량의 법안을 의회에 제출했다는 사실은 훨씬 전부터 이를 준비해 두었음을 시사한다. 임기 초반부터 부시 행정부는 기밀 유지와 행정 특권에 집착해 왔다.

애국법은 배경이 무엇이었든지 논쟁 없이 통과되었고, 상원에서 반대표가 딱 한 표밖에 나오지 않았다. 많은 국회의원들이 투

---

1 《샌프란시스코 크로니클》, 2002년 8월 4일.

표 전에 법안을 읽어 보지도 않았노라고 고백했다. 애국법이 통과된 이후 5년 동안, 법무부는 종종 이 법이 테러리즘을 꺾는 데에 보탬이 되었다고 주장했지만 여태껏 어떤 실제 사례도 제시하지 못하고 있다. 반면 이 법은 시민과 일반 범죄자를 대상으로 FBI, 신설된 국토안보부, 지역 법 집행 기관에 놀랍고 무시무시한 무기를 제공해 왔다.

10년 전쯤, 나는 시카고에서 벌어진 흥미진진한 드라마에 발을 걸쳤다. 무슨 일이 일어났느냐 하면, 일단 두 남자—벤과 제리라고 부르자—가 도시 북부에서 함께 사업을 했다. 한쪽이 사망하면 그가 회사에 투자한 자금의 손실을 보험금으로 메울 수 있도록 공동 경영에 대한 표준 보험 증서도 마련되어 있었다.

벤은 제리의 아내인 루시와 바람을 피우고 있었는데, 어느 순간 루시도 사업도 전부 독차지하고 싶다는 탐욕을 품게 되었다. 벤과 공모한 루시는 자기 남편을 살해할 청부업자를 찾아 나섰다. 제리가 죽는다면 그들은 보험금을 타서 평생 행복하기까진 아니더라도 기분 좋게 살 수 있을 터였다. 루시는 비번인 경찰이 아니라 진짜 살인 청부업자를 찾아낸다. (나는 남편을 죽여 줄 청부업자를 찾으러 술집에 들어갔다가 결국 자기를 체포해 갈 비번 경찰관과 놀아났을 뿐임을 깨닫는 불운한 여자들 이야기를 끝도 없이 읽게 된다. 우리 경찰이 술집에서 노닥거리며 사람을 쉽게 믿는 여자들을 속이는 것보다 더 나은 일을 하면서 시간을 보낼 수도 있지 않을까 싶은데, 그건 다른 얘기니 넘어가자. 우리는 벤과 루시와 그들이 구한 진짜 살인 청부업자에 대해 얘기하는 중이니까.)

막판에 겁을 먹은 루시는 경찰에 쪼르르 달려갔고, 제리가 살해되기 직전에 경찰이 청부업자를 붙잡았다. 벤은 체포되었고, 살인을 모의한 죄로 최종 유죄 판결을 받았다. 경찰이 살인 청부업자를 체포했을 때 그자가 앉은 자동차 좌석에서 색인 카드 한 무더기를 발견했다. 맨 위 카드에는 이렇게 적혀 있었다. **"살인 명령**—사라 파레츠키."

경찰은 흥분했다. 그 살인 미수 사건의 배후를 찾아냈다고 생각한 것이다. 그리고 새벽 2시에 긴급 영장을 청구하러 검사장에게 달려갔다. 내게는 다행스러운 일인데, 숙직을 서던 보좌관이 미스터리 소설 독자였다. 그는 『살인 명령』이 내 소설 제목 중 하나라고 설명했다. 청부업자가 일을 처리한 뒤 숨어 있을 동안 읽고 싶은 도서 목록을 정리해 놓은 것이었는데, 내 책이 그자의 목록에서 1위를 차지했다는 데에 으쓱한 기분을 느껴야 할 듯하다. 경찰은 이후로도 나를 체포하러 오지 않았다.

요즘이라면 이 이야기는 다른 식으로 굴러갈 가능성이 있다.

애국법에 따라, 경찰은 영장을 받아야 할 이유를 설명할 필요가 없을 터이다. 테러와 연루되어 **있을지 모르는** 범죄 수사에 내 작품도 관계가 있어 보인다고 주장하면 된다. 검사장에게 한마디도 덧붙일 필요 없이. 경찰은 영장을 발부받기 위해 타당한 사유를 보여 줄 필요가 없다. 즉, 어떤 종류의 증거도 제시할 필요가 없다. 그들은 나를 데려가서 변호사와 상의도 못 하게 막고 나 혼자서 해명하도록 만들 수 있다. 기소하지 않고 무한정 붙잡아 둘 수도 있다. 가족들에게 내 소재를 알리지 못하게 할 수도 있다.

경찰은 내 전화를 도청할 수 있다. 그들은 더 이상 이러한 도청에 영장을 받을 필요가 없다. 설령 나를 체포하는 일이 없다 하더라도 수사관들이 내 집에 들어와서 파일이나 책을 수색하여 압수하거나, 내 컴퓨터에서 자료를 다운로드할 수 있다. 영장을 보여 줄 것도 없이, 혹은 내가 집에 없을 때 들이닥치더라도 가택 수색을 했다고 고지해 줄 필요도 없이 말이다.

뉴욕 버펄로시의 한 예술가가 2004년 이 사실을 알고서 슬픔과 경악을 느꼈다. 스티브 커츠는 유전자 조작 식품에 대한 전시회를 위해 작품을 만들고 있었고, 고등학교나 대학교 과학 수업에 정례적으로 유기물을 공급하는 연구소에서 무독성 박테리아를 주문했다. 아내가 그해 5월 갑작스럽게 사망하자 커츠는 911

을 불렀는데, 구급대원들보다 FBI가 먼저 도착했다. 그들은 영장이나 타당한 사유 없이 커츠의 전화와 이메일을 도청해 왔던 것이다.

FBI는 버펄로 경찰과 협력하여 그를 체포했고, 기소 없이 억류했으며, 모든 책과 하드 디스크와 서류를 압수했다. 부검 결과 그의 아내가 자던 중 심장 마비로 사망했다는 점이 판명되자 그들은 마침내 커츠를 집에 돌려보냈다. 그러나 2년 동안 그는 불특정한 혐의들로 재판을 받았다. 카프카의 『소송』을 재현하듯, 혐의를 특정할 수 없었던 정부는 계속해서 공판 기일을 변경했다.

이 사건에서 특히 비열한 부분은 정부 측에서 커츠가 테러리즘을 지지하는 증거를 찾아냈다고 주장했다는 지점이다. 법원 심리에서 정부는 자기네가 확보한 유일한 증거를 제시했다. 그것은 미술관 전시회를 알리는 엽서였다. 그 엽서에는 폭파된 차량 옆에 아랍어가 적힌 사진이 들어가 있었다.[2] 정부가 마침내 법정에서 그 증거를 제시해야 할 때가 오자 판사는 격분했다. 정부에 수색 영장을 발부할 당시에는 볼 수가 없던 증거물이기 때

2 《인포 익스체인지》, 2005년 5월 19일.

문이다.

정부는 여전히 커츠를 우편 및 전화 금융 사기죄로 기소하는 방안을 고려하고 있다. 두 범죄의 처벌은 애국법에 따라 크게 강화되었다. 그동안 커츠는 이동이 제한되었고, 무작위 약물 검사를 빈번하게 받아야 했다. 커츠에게 박테리아를 공급한 남성 역시 연방 정부의 수사 대상이었는데, 기소나 재판도 없이 끊임없이 조사를 받는 스트레스 때문에 두 차례나 심각한 발작을 일으켰다.

커츠의 상황은 극단적일지 모르나, 불법적인 것도 아니요, 심지어 이례적인 사례도 아니다. 이 나라에 사는 누구든지 애국법에 의해 책과 서류, 하드 디스크를 압수당할 수 있다. 당신의 도서관이나 서점이 압수당할 수도 있다.

애국법의 권한에 더하여, 정부는 국가 안보 서신이라는 소환장을 대대적으로 이용해 왔다. 애국법이 통과된 이후로 FBI는 연간 3만 통의 국가 안보 서신을 발부해 왔다. 애국법 이전에는 그러한 소환장을 연간 3백 통 발부했다. 이 서신은 도서관, 서점, 그 밖에도 호텔 등 어떤 사업체가 됐든 소비자나 고객에 관한 모든 기록을 국가안보국에 넘기도록 강제한다.

FBI는 국가 안보 서신 덕분에 소환된 대상만이 아니라 그가 연락을 취하는 모든 사람의 이메일과 전화를 추적할 수 있다. 예를 들어, 내가 사는 동네 서점이 그런 서신을 받았다고 치자. 서점에서는 모든 고객 기록을 연방 정부에 넘겨야 할 것이며, 그렇게 되면 연방 정부는 내게 알리지 않고 내 컴퓨터를 들여다보며 어떤 이들과 메일을 주고받았는지 전부 확인한 다음 **그 사람들의** 이메일도 열어 볼 수 있다.

이런 일이 2003년 라스베이거스에서 실제로 벌어졌다. 이 도시의 모든 호텔은 신용 카드 정보, 이메일, 그 외에도 다른 정보를 포함한 고객 명단을 넘겨야만 했다. 이 사실이 밝혀진 유일한 이유는 카지노들이 정보 제공을 망설이며 이의를 제기하려 들었기 때문이다. 이 도시의 신조가 "베이거스에서 일어난 일은 베이거스에 묻어 두자"이니까.

애국법과 국가 안보 서신의 또 다른 특징은 두 가지 모두 언론을 탄압한다는 점이다. 국가 안보 서신이나 애국법 소환장 수령인은 서신이나 소환장을 받았다는 사실을 발설해선 안 되며 이를 어길 시 징역 5년형에 처해진다.

한편 사서들은 조그만 승리 하나를 거두어 냈다. 2005년 코네티컷주의 사서가 도서관 기록 열람을 요구하는 국가 안보 서신을 받았다는 사실을 변호사에게 알린 혐의로 체포되었다. 2006년 4월, 법원에서는 그가 서신을 받았다는 사실을 자기 변호사에게 밝힐 수 있다고 판결했다. 지금까지도 법원은 그 사서의 이름을 공개하지 말아야 한다는 법무부 보도 금지령을 준수하고 있으며, 해당 판결이 도서관 기록을 넘기라는 FBI의 요구 자체를 불법으로 규정한 것도 아니다(그 사서의 이름이나, 함께 표적이 된 다른 사서 세 명의 이름이 언론에 새어 나가긴 했지만).

국가 안보 서신으로 무장한 정부는 서점의 기록을 손에 넣어 내 책을 구입하는 모든 사람들을 집어낼 수도 있다. 한 법무부 차관이 의회에서 말했듯, "도서관과 책[방]이 테러리스트들의 안전한 은신처가 되어서는 안 된다."

미국의 모든 주에는 성문법으로든 판례에 따라 정착된 법으로든 도서관 이용자의 사생활을 보호하기 위한 법이 있다. 우리가 무엇을 읽고, 대출하고, 온라인으로 살펴보는지는 전적으로 우리 소관이다. 『살인 명령』을 읽든 말든 상관할 바 아니란 말이다.

애국법은 그러한 사생활 보호법을 뒤엎는다. 그리고 도서관이 대출 기록, 인터넷 사용 기록, 그 외에 어떤 매체에 저장된 정보든 제출하도록 정부가 강제할 수 있게 허용한다. 소환장을 받았다면, 도서관과 사서는 소환장의 존재도, 그에 따라 기록을 제출했다는 사실도 발설해서는 안 된다. 도서관 이용자들은 자기 정보가 FBI에게 넘겨졌다는 것도, FBI 수사 대상이 되었다는 것도 전해 듣지 못한다. 게다가, 정부는 소환장을 발부받기 위해

'타당한 사유'를 입증할 필요도 없다. 그 대신, 법 집행 기관은 그 기록이 현재 진행 중인 테러리즘이나 첩보 활동 관련 수사와 연관성이 **있을지 모른다**고 주장하기만 하면 된다. 국토안보부를 신설시킨 이 법은, 더 나아가 기록물 압수 및 도청을 할 수 있는 정부 권한에 견제를 없애 버렸다.

2002년 일리노이 대학 도서관 연구소에서 실시한 조사에 따르면, 우리 정부는 애국법이 통과된 이래 전국에서 최소 11퍼센트, 어쩌면 30퍼센트나 되는 도서관의 대출과 인터넷 사용 기록을 압수했다.[3] 어느 도서관이 여기 얽혔는지는 알 수 없다. 사서들이 자기가 일하는 도서관에서 기록 수색을 당했다고 보고라도 한다면 곧 체포되어 구속 수감을 면치 못할 것이기 때문이다.

최근 나는 2003년~2005년 자료를 포함한 새로운 조사가 이루어지고 있는지 알아보고자 도서관 연구소에 편지를 했다. 그리고 FBI가 《월스트리트 저널》에 게재된 그 연구 저자를 테러리즘 옹호자라고 매도했다는 사실을 알게 되었다. 그녀는 연구를 계속하면 보복하겠다는 위협을 불특정한 이들로부터 받아 왔다.

---

3 일리노이 대학교 도서관 연구소가 실시한 이 조사는 전미 도서관 협회 웹사이트에 공표되어 있다. 2002년 이후로 수치가 갱신되지 않았으므로, 아마 이보다 꽤 높다고 봐야 할 것이다.

그 소식에 나는 진절머리가 났다.

우리는 미국에서라면 누구나 확고하게 개인주의와 개개인의 의견 표현을 수호하며, 전체주의 국가에서나 사람들이 위협에 굴복한다고 믿고 싶어 한다. 나는 그리 희망적으로 보지 않는다. 어쩌면 미국이 공산주의의 위협이라는 개념에 집착하던 1950년대에 중서부 농촌에서 성장했기 때문인지도 모른다.

캔자스주 로렌스시 사람들은 냉전을 아주 밀접하고 현실적인 위협으로 받아들였다. 그 지역은 공산주의에 맞서 로렌스와 미국을 지켜 내야 한다는 강박에 빠져 있었다. 소련 역사로 박사학위를 밟고 있던 고교 교사는 사직을 강요받았다. 오로지 공산주의자만이 러시아 연구를 하고자 할 터이므로. 일간 신문은 부지런히 고장의 불경한 부류를 지목하고, 폭도들이 그에 맞서 들고 일어나도록 선동하는 데 열을 올렸다. 내 부모님이 지역 고등학교에서 연—학생이 의무적으로 출석해야 했던—부흥회에 이의를 제기하자, 신문은 부모님의 이름과 전화번호를 공개하며 시민들더러 그리로 전화해 공산주의를 사랑하는 무신론자가 미국 사회에 얼마나 쓸모없는 존재인지 알려 주라고 촉구했다. 몇 주 동안이나 부모님은 한밤중에 증오로 가득 찬 전화를 받았다. 그들은 부모님에게 원래 살던 데로—어머니는 일리노이 남부로,

아버지는 브루클린으로—돌아가라고 닦달했다.

오늘날, 우리는 다시 한 번 공포가 퍼지고 불안감이 우리를 지배하도록 놔두고 있다. 최근 우리 미국인들은 직접적으로든, 아니면 주, 지방, 연방 정부를 통해서든 다음과 같은 일을 했다.

외국어 웹페이지를 조회한 혐의로 뉴저지주 모리스타운의 도서관 이용자를 체포했다. 우리는 그를 기소하지도 않고, 변호사에게 전화하거나 아내에게 안부를 전하는 것도 금지한 채 사흘 동안 구금했다.

학교 도서관 대화방에서 조지 부시에 대해 부정적인 언급을 했다는 이유로 뉴멕시코주 샌타페이 세인트 존스 대학에서 한 남성을 체포했다. 우리는 모든 학생 및 교직원에게 함구령을 내려, 이 체포가 이뤄졌다는 사실을 누설하지 못하게 막았다. 이 사실을 내게 얘기해 준 직원은 누설 혐의로 수감될 수도 있다.

재생산권 단체에서 받던 오랜 후원을 끊으라고 노스캐롤라이나 공영 라디오 방송국에 압력을 가했다. 연방 통신 위원회가 재생산권 옹호자들을 정치 집단으로 보기 때문에, 연방 자금을 일부 지원받는 라디오 방송국이 이들로부터 후원받는 것은 허용되지 않는다고 주장하면서 말이다.

조지 부시를 비판했다는 이유로 캘리포니아주의 한 전화 수리 업자를 심문했다. 그 남성이 미국은 발언의 자유가 있는 국가라 생각한다고 말하자, FBI는 그렇다고 대답하고도 그대로 남성의 혐의를 보고했다.

전쟁에 반대하며 미국 국기를 거꾸로 뒤집어 흔들었다는 이유로 아이오와주의 한 농부를 괴롭혔다.

(결혼 후의 성으로 발급된) 운전 면허증과 (결혼 전의 성으로 발급된) 사회 보장 카드가 불일치한다는 이유로 조지아주 소설가 조실린 잭슨을 구속했다. 지방 경찰은 난처해하며 연방 테러 방지법이 그러한 상황에 재량권을 주지 않는다고 설명했다.

프랑스 정부가 우리의 이라크 침공에 반대했다는 이유로 프랑스 출신의 외국인 교환 학생들을 폭행했다.

2004년 10월 29일 마이애미 공항에 도착한 81세 아이티 침례교 목사를 구속했다. 그는 유효한 여권과 비자를 소지하고 여행 중이었다. 우리는 그의 혈압약을 빼앗았고, 또렷하게 발성하지 못한다고 비웃었다. 닷새 뒤 그는 우리 구치소에서 쓰러져 죽었다.

4년이 넘게 기소하지 않고 사람들을 구금했고, 아직도 갇혀 있는 많은 이들이 무기한 감금 위기에 처해 있다.

국가안보국이 영장 없이 수천만 명의 미국 시민을 도청했다는 사실을 폭로한 뉴욕과 로스앤젤레스 《타임》 편집자들과 기고가들을 상대로 우익 라디오 쇼가 살해 협박을 쏟아냈다.

JFK 공항에서 비행기를 갈아타던 무고한 캐나다 시민을 체포해 전용기에 태워 요르단으로 데려간 다음, 시리아에 넘겨 10개월 동안 고문과 심문을 받게 했다. 테러와의 연결 고리를 찾지 못하자 시리아에서 그를 석방했고 캐나다 위원회는 그의 오명을 깨끗하게 씻어 주었다. 그러나 미국은 사과하기를 거부했으며, 법정에서 용의자 인도 정책과 납치 문제에 대해 논해야 한다면 국가 기밀을 폭로하게 되는 셈이라는 이유로 손해 배상 소송도 받아들이지 않았다.

2006년에는 제네바 협약의 규정을 우리 마음에 드는 정의로 바꾸기 위해 투표했다. 기소나 재판 없이 사람들을 감금하고, 거리가 먼 교도소로 이송하거나 고문할 수 있는 권리를 명시적으로 포기하지 않기 위한 일이었다. 요컨대, 토머스 제퍼슨이 말한 대로 "가장 야만적인 시대에도 그 유례를 찾아 볼 수 없으며 문명국의 원수로서도 도저히 걸맞지 않는 잔혹하고도 정의롭지 못한1776년 토머스 제퍼슨이 초안을 잡고, 벤저민 프랭클린과 존 애덤스가 수정한 미국 독립 선언문의 한 구절" 행위를 저지를 권한을 우리 정부, 보다 구체적으로 말하자면 대통령에게 부여하는 것이었다.

다른 사례도 많이 끌어올 수 있겠지만, 차마 이 부분을 계속 써 나가지 못하겠다.

3. 진실, 거짓말, 그리고 초강력 접착테이프

이러한 시기에 작가가 보여야 하는 적절한 반응은 무엇인가? 가장 기본적인 수준에서는, 사람들이 읽고 싶어 할 만한—읽고 싶어 하기를 바라며—이야기를 계속해서 쓰는 게 나의 일이다. 보다 근본적으로는, 내 능력이 닿는 한 가장 진실에 가까운 길로 더듬더듬 나아가려 애쓰는 게 나의 일이라고 생각한다. 언어나 아이디어를 뻔뻔스레 되는 대로 오용하는 짓을 용납하지 않고, 체포나 대중의 분노가 두려워 자기 검열에 빠져들지도 말고.

이 에세이는 내가 여러 도서관과 주 도서관 협회에서 애국법과 도서관에 대한 강연을 하며 탄생했다. 우리가 이라크를 충격과 공포에 빠뜨리기 전날 밤, 나는 오하이오주 털리도의 공공 도서관에서 강연하기로 예정되어 있었다. 도서관에서는 내 강연이 너무 논쟁적이어서 사람들이 입장권을 반납하고 있으니 이 주제로 강연하지 말아 달라고 요청했다. 그리고 다른 작가들이 그러듯 작가로서의 삶에 얽힌 유머러스한 일화들(사회 보장 카드와 운전 면허증의 이름이 일치하지 않아 체포된 때라든지, 그 밖에도 테러 이후 시대의 태평한 회고 같은 것)을 풀어 달라고 했다.

나는 적개심을 좋아하지 않는다. 대립을 즐기지도 않는다. 어린 시절의 가정 환경 때문에, 나는 험악한 비난이나 온전히 순종

하지 못해 나쁜 딸이 될지 모른다는 은연중의 두려움에 유난히 취약한 사람으로 자라났다. 그래서 잠자코 도서관의 요청에 따를까도 생각했다. 그러다 화난 사람의 요구에 굴복했던 경우를 모두 떠올려 보았고, 나중에 얼마나 자기혐오가 그득그득 밀려들었던가를 생각했다. 나는 이 강연을 했다. 하지만 무릎이 어찌나 부들부들 떨리던지 시종일관 연단을 꽉 붙들어야 했다.

그날 밤 나는 운이 좋았다. 강연을 들으려고 폭풍우를 뚫고 나온 5백 명의 청중은 내게 열렬한 박수를 보내 주었다. 임신 중단권 옹호자 몇 명을 포함하여 많은 이들이 그 뒤 내게, 공공의 자유를 위한다는 명분으로 시민의 자유를 희생시키는 상황이나 이라크 침공에 반대하는 사람이 사회에서 자기 혼자뿐이라 생각했다는 이야기를 했다. 아프리카에서 미국과 영국 기업을 위해 싸우는 직업 용역이라고 밝힌 한 남성은 옛 복음서에도 적혀 있듯 야유하려 왔다가 기도하려 남게 되었노라고 말했다.

자기 이름을 밝히지 않겠다고 선언한 경찰관 한 명은, 이제 미국 전역의 경찰이 시민의 권리를 보호하는 기본 조항들을 묵살할 권한을 부여받은 느낌이 든다고 얘기했다. (2006년 봄, 미국 대법원은 8백 년 동안 개인의 집을 불가침 공간으로 인정해 온 영국 관습법 선례를 뒤집으며 그의 말이 옳음을 보여 주었다. 앤턴 스캘리아 대법관은 다수를 대변하여 말했다. 만일 실수로 가택 침입 및 파손을 겪게 된다면—경찰이 엉뚱한 사람을 표적으로 삼아 지금도 한 해에 2백 번쯤 발생하고 있듯이—경찰을 상대로 한 민사 소송을 통해 구제받을 수 있다고 말이다. 부디 잠시 곰곰이 그 시나리오를 상상해 보라.)

만약 3월 밤 털리도의 무대에 섰던 내게 청중들이 야유를 보냈다면, 내가 이런 발언을 계속 이어 나갈 용기를 낼 수 있었을지 모르겠다. 나는 다른 이들과 마찬가지로 분노에 찬 거부 반응에 취약하고 쉬이 영향을 받는다. 나의 영웅들, 독재 정권의 요구에 굴하느니 고문, 수감, 죽음을 불사했던 20세기의 위대한 러시아 시인들에 비한다면야 훨씬 더 나약할 테고.

테러리스트가 뉴욕시를 습격하던 당시 나는 『블랙리스트』라는 소설을 막 집필하기 시작했다. 몇 주 동안은 충격으로 얼어붙어서 글을 한 줄도 쓰지 못했다. 그러다 다시 작업을 시작했을 때는 현재 벌어지는 사건들로부터 무의식적으로 도피했다. 나는 예전 매카시 시대의 사건을 바탕으로 한 범죄를 생각해 냈다. 1890년대까지 거슬러 올라가는 집안 내력을 담은 고딕풍 세부 줄거리를 만드는 데에 굉장한 재미를 느끼기도 했다. 또한 패션에 심취하여, 소설 속 고딕 집안의 여자들을 묘사하기 위해 1890년대부터 1930년대까지의 의상 디자인을 탐구하며 고문서에 파묻혀 즐거운 나날을 보내기도 했다.

하지만 『블랙리스트』의 틀이 잡히기 시작하면서, 내 주변 세상에 대한 공포는 여러 가지 방식으로 이야기에 스며들기 시작했다. 얼마큼은 부차적인 줄거리 한 갈래로, 또 얼마큼은 여러 법 집행 기관이 V. I.의 입을 막으려 드는 방법으로. 많은 독자들은 이 같은 부차적 줄거리나 요소들이 소설을 더 탄탄하게 만든다고 생각했다. 하지만 격한 협박 편지를 보내 나더러 예수를 증오하고 미국을 증오하는 사람이라며 힐난하는 이들도 있었다. 탐정의 집에 FBI가 쳐들어와 파일을 압수해 가는 게 정당한지 내가 의문을 제기했기 때문이다(한 흥분한 팬은 "편집증 환자에 빨갱이, 쓰레기 같은 진보"라고 썼다).

나는 선전용 소설—즉, 오로지 자기의 주장을 전달하기 위해 쓴 책—을 읽는 데 흥미가 없는 만큼 그런 글을 쓰는 데에도 관심이 없다. 네 다리는 두 다리보다 좋다거나조지 오웰의 『동물농장』 속 "네 다리는 좋고 두 다리는 나쁘다"라는 구호에서 따온 말, 모든 남자는 테스토스테론의 노예인 망나니라거나, 여자란 필연적으로 자기 육체를 이용해 착한 남자애들이 못된 짓을 저지르게끔 조종한다는 편견을 입증하려는 책 말이다. 우리가 스탈린 시대 러시아 작가로서 『빅토리 집단 농장에서의 봄』을 쓴 그리바체프 말고 파스테르나크와 아흐마토바를 꼽는 데는 이유가 있다. 파스테르나크는 인간의 자유에 대해, 격변하는 사회 속에서 우리가 느끼는 혼란함에 대해, 그리고 어떻게 행동해야 할지 지각하는 게 얼마나 어려운지에 대해 절절히 느낀 바를 주장하고 싶었을지도 모른다. 하지만 그는 정치적이며 이상화된 전형이 아니라, 여러 사건에 휘말리는 인간에 대해 쓰고자 했으며, 이는 바로 나의 목표이기도 하다.

이와 동시에, 책은 우리의 길잡이이자 버팀대이다. 책은 자유와 해방에 대한 믿음을 우리만 품고 있는 게 아님을 보여 준다. 러시아 시인 라투신스카야는 그녀가 썼던 글 때문에 3년이나 강제 노역소에 갇혀 있었지만, 옛 소련 독자들이 자유에 대한 갈망을 잃지 않도록 도와주었다. 우리 스스로가 자유롭게 살아갈 수 있는 유일한 길은, 유해한 법 때문에든 악을 쓰는 군중 때문에든 입을 다물어 버리는 일 없이 발언하는 것뿐이다.

나는 주변 사건들로부터 이야깃거리를 얻는다. 하지만 오늘날 내 주변에서 벌어지는 사건들은 이를 소설로 변화시키는 내 능력에 도전을 보내고 있다. 나는 부패한 기업에 대해, 또한 일반 시민의 복리에는 냉소적으로 무관심한 거대 기관에 대해 종종 글을 써 왔다. 하지만 엔론이나 핼리버턴은 내 상상력조차 초월한다.

나의 탐정은 종종 친구인 머리 라이어슨 기자에게 의지한다. 그는 무슨 일이 벌어지는지를 공공에 알리고, 범죄자들이 여러 음험한 계획은 차곡차곡 쌓아 두고 있을망정 범행을 밀고 나가기는 어렵게 만드는 사람이다. 그러나 머리가 일하는 신문사와 같은 곳들은 미국 전역에서 거대 미디어 기업들에 인수되었고, 기자들 절반은 잘려 나갔다. 대규모 해고를 할 때마다 기업 주가가 치솟기 때문이다. 그러니 신문사에는 기업이나 정부 스캔들을 파헤칠 인력이 모자라다. 그리고 많은 경우, 신문사나 TV 방송사 자체가 거대 복합 기업의 일부로서 비슷한 범죄에 적극적으로 가담하고 있거나, 기업 차원에서 정치계의 특혜를 얻고자 하기 때문에 공직자 범죄를 폭로하지 않으려 한다.

글을 쓰려고 자리에 앉을 때마다, 나 자신이 자석 위의 발레리나 인형처럼 느껴진다. 너무도 빨리 빙글빙글 돌아서 무엇을 바라보아야 할지도 알 수가 없다. 공항에서 맞닥뜨리는 유독한 기운은 오늘날 풍경에 구석구석 퍼져 있다. 나는 독성 연기가 자욱한 가운데 걸어가는 기분이 든다. 비닐과 데톨이 막아 줄지도 모르는 세균이나 방사능이 아니라, 거짓말로 가득 찬 연기 속을. 정부는 코드 오렌지그린, 블루, 옐로, 오렌지, 레드 5가지 색깔로 구분해 발령되는 미국의 경계 태세로, 그린에서 레드로 갈수록 위험 수위가 높아진다. 두 번째로 높은 경계 태세인 코드 오렌지는 테러와 같은 고도의 위협이 있을 때 국토안보부에서 발령한다를 발령하며, 초강력 접착테이프와 비닐로 몸을 감싸되 쇼핑—프랑스산은 무엇도 구입하지 않는 한—은 하러 가라고 말한다. 물건을 사고 빚을 지는 건 애국자의 의무니까. 하지만 파산 보호기업의 채무이행을 일시 중지시키고 자산매각을 통해 기업을 정상화시키거나 청산하는 절차는 받을 수 없을 테고. 이때 나는 진실과 거짓, 그리고 음, 접착테이프 사이의 괴리 때문에 거의 말문이 막히게 된다.

정부는 아프리카의 에이즈 문제에 우리가 발 벗고 나서리라 말하지만 동시에 누구도 콘돔을 배포하거나 콘돔에 대해선 언급조차 할 수 없다고 할 때, 나는 내가 1984의 세계에 와 있다는 점을 깨닫는다.

미국 대통령이 '생명 존중 문화'를 신봉하므로 연구자들의 배아 줄기세포 사용을 허용하는 법안을 거부하며, 낙태와 피임을 금지하기 위해 전력을 다하고, 그러면서도 시종 자기 정권이 수행하는 고문을 승인하며, 중동의 수많은 남성, 여성, 어린이의 일별 사망 건수를 감독하고, 동시에 참전 군인과 노숙 아동을 위한 의료비 지급도 거부할 때, 비로소 나는 내가 현대 세계에 살고 있구나 싶다.

아부그라이브 교도소후세인 정권 시절 정치범과 반대파를 고문, 처형하던 이라크 최대의 정치범 수용소. 2003년 미군이 바그다드를 함락한 뒤 이라크인 포로를 구금하는 시설로 사용했는데, 이들을 상대로 각종 잔혹한 고문과 성적 학대가 자행되었다는 사실이 2004년 밝혀졌다의 추악한 실상이 보도되어 세간에 널리 알려진 뒤, 대통령의 제일가는 지지자인 AM 라디오 토크쇼는 이 사

건을 남학생 사교 클럽 신고식 정도로 치부했다. 어쩌면 러시 림
보'러시 림보 쇼'로 알려진 미국의 극우 방송인, 정치평론가의 말이 옳았을지도
모른다. 예일 대학교에 다니던 시절, 조지 부시는 사교 클럽 신
입생들에게 벌겋게 달군 옷걸이로 낙인을 찍으며 즐기곤 했으
니. 아마 아부그라이브를 포함한 이라크에서의 참상을 보면 자
기 대학 시절이 떠오르리라.

   나는 무력감을 느끼는 게 정말 싫다. 내 탐정이 무력한 것도
정말 싫다. 하지만 난 그녀가 로버트 러들럼영화화되어 큰 성공을 거둔
'본 시리즈'의 저자의 슈퍼히어로로처럼 FBI와 디즈니를—내키는 대로
얼마든지—무릎 꿇리고도 털끝 하나 상하는 일 없이 자리를 뜨
는 식으로 행동하게 만들 수는 없다. 내 소설은 현실 세계에 너
무 깊이 의지하고 있기 때문이다. 내 소설 속 인물들은 현실 세
계에서 우리 모두가 그러하듯 이런저런 시련을 묵묵히 감내해야
한다. 어떤 소설들에서는 주인공이 최종적인 고난을 겪지만, 나
는 절대 V. I.가 그런 고난을 겪게 하지 않을 것이다. 그녀는 자
기 신념을 지키려 죽지도 않고, 침묵하지도 않고, 자기 친구들
을 배반하지도 않을 것이다. 그것이 지금 이 세상을 살아가는 V.
I.와 독자들에게 내가 선사할 수 있는 최대치다.
   나는 이 모든 공포를 피해 훌쩍 떠나 버리고 싶다. 아니, 멀리

도망치고 싶다. 말을 가지고 재간을 부리며 재기 넘치는 표현력
으로 독자들을 감탄시키고 싶다. 그러나 시대가 나를 짓누른다.
이에 나는 도망치는 대신 안나 아흐마토바를 자꾸만 생각한다.
시인은 스탈린이 아들을 가둬 놓은 레닌그라드 수용소 바깥을
서성여야 했다.

그녀는 이렇게 썼다.

예조프가 대숙청을 주도하던 끔찍한 세월 동안, 나는
레닌그라드 감옥에서 17개월을 보냈다. 한번은, 누군가
가 나를 알아보았다. 그때 내 뒤에 서 있던 입술이 파르
스름한 여자가…… 누구나 젖어 들고 마는 무감각한 상
태에서 깨어나 내 귓가에 속삭였다(거기선 누구나 숨죽
여 속삭였다).

"당신은 이걸 묘사할 수 있겠어요?"

그리고 난 대답했다. "네, 할 수 있어요."

그러자 한때 그 여자의 얼굴이었던 표면 위로 미소처
럼 보이는 뭔가가 언뜻 스쳤다.

사랑하는 내 모국이 국민을 공포로 몰아넣고, 보이지 않는 데
서 일거수일투족 간섭하는 정부가 무슨 일을 벌일지 몰라 숨죽

여 속삭이게 만드는데, 내가 어찌 손 놓고 구경만 하겠는가.

다른 작가들의 글에서 내가 큰 위안을 받기에, 나의 소설들 역시 독자들에게 한밤중의 위안이 되고, 어두워진 길을 조금이나마 밝히는 등불이 되었으면 좋겠다. 2천 6백 년 전, 참새들이 끄는 전차를 타고 천상에서 내려오는 여신을 보았던 시인 사포는 이렇게 썼다.

비록 한낱
숨결일지라도,
내가 명하는 말은
불멸하리라.

어린 시절, 박정한 세상을 잊을 도피처로 삼았던 책과 백일몽의 세계에서 나는 마법을 갈구했고, '나니아' 같은 동화 속 나라로 이어지는 통로를 갈구했다. 성인이 된 나는 창밖의 참새들을 주의 깊게 살펴본다. 여전히 새들이 여신을 데려오기를 바랄 만큼 마법을 갈망하는 것이다. 하지만 결국 나는 이 녀석들이 팍팍한 도시에서 살아남으려 버둥거리는 새라는 점을 깨달아야 한다. 작은 동물에게도, 시인들에게도 험난한 세상에서 말이다.

도서관에 들어갈 때, 책의 세계로 들어갈 때, 나는 내 어깨로 내려와 용기를 북돋는 과거의 유령들을 느낀다. 나는 패트릭 헨리미국의 정치가, 변호사, 독립운동가(1736~1799)가 의회에서 "쇠사슬과 노예제란 대가를 치르고 사야 할 만큼, 우리 삶이란 그렇게도 소중하고 평화란 그렇게도 달콤한 것입니까?"라 외치는 소리를 듣는다. 요람을 흔드는 손으로 선박도 흔들 수 있다고 내게 말하는 소저너 트루스미국의 노예 제도 폐지론자이자 여성 인권 운동가(1797~1883)의 목소리도, "진정으로, 나는 침묵하지 않을 것이다"라 말하는 위대한 노예 해방 운동가 윌리엄 로이드 개리슨미국의 언론인이자 노예제 폐지론자(1805~1879). 주간신문 《해방자》를 꾸준히 발행하며 미국 북부 노예제 폐지 운동에 지대한 영향을 주었다의 목소리도 듣는다.

우리를 침묵시키고, 우리의 목소리와 소중한 자유를 빼앗으려는 세력에 맞서, 나의 말, 사포의 말, 또한 우리 헌법의 말, 한낱 숨결에 불과한 이 모든 말이 그저 묵묵히 버텨 내는 데 그치지 않고 끝내 승리를 거두는 것이 나의 유일한 희망이다.

역자 후기

역자 후기

사설탐정 V. I. 워쇼스키는 맷집 세기로 유명한 인파이터다. 묵사발이 되게 두들겨 맞더라도 육체적으로나 감정적으로나 결코 굴복하는 법이 없다. 작가 사라 파레츠키는 V. I.라는 캐릭터가 자신의 분신이라기보다는 '목소리'라고 밝힌다. 목소리, 이것이 바로 작가의 인생과 작품을 관통하는 주제다. 우리의 입을 막고 목소리를 빼앗으려 드는 세력에 굴하지 말고 계속 발언할 것. V. I.가 첫발을 내디딘 1982년부터 지금까지 작가는 꾸준히 시대와 호흡하며 목소리를 내 왔다(2020년에도 신작을 펴냈으니, 시리즈에 대한 호오를 떠나 그 성실성에는 탄복하지 않을 수 없다). 2007년 출간된 에세이 『침묵의 시대에 글을 쓴다는 것Writing in an Age of Silence』에는 9/11 테러 이후 시민의 자유가 전방위적으로 억압받는 현실을 마주한 좌절감이 고스란히 담겨 있다. 미국 시민운동의 찬란한 성과를 몸소 일구고 누려 본 이에게 부시 정권의 퇴행은 햇살 뒤의 터널처럼 더욱 어둡고 답답하게 느껴졌을지도 모르겠다. 그러나 파레츠키는 무력감에 주저앉는 대신 애국법의 폐해를 여실히 녹여 낸 『블랙리스트』를 발표하는 한편, 본서의 뼈대가 된 대중 강연에도 나섰다. 관중의 분노와 야유가 두려워 몸을 부들부들 떨면서도. 파레츠키에게, 그리고 그의 목소리인 V. I.에게, 침묵은 동의가 아니요 죽음이기 때문이다. 첫 소설 『제한보상』에서 V. I.는 진실을 알려 봤자 무슨 소용이냐며 푸념하는 여성에게 말한다. "이 세상이 진실을 알지 못하면 당신은 죽은 거나 다름없어요." 바꿔 말하자면 발언이 곧 삶이기도 할 터.

V. I. 워쇼스키의 서사는 한 개인이 침묵에서 발언으로 나아가는 과정을 생생히 증언하는 사례로서 독해할 수 있는 텍스트다. 본서에서 파레츠키는 "내 경우에는 범죄 소설을 쓰고 싶었다"고 말한다. 그에게는 "문학과 사회에서 여성을 바라보는 지배적인 관점을 뒤엎어 버리는 여성 주인공"을 창조하고자 하는 열망이 제 목소리를 찾아가는 여정의 출발점이었다. 계집이 어딜 감히 나대느냐는 따가운 시선에 아랑곳없이 시카고를 누비고 다니는 여성 탐정은 그렇게 태어났다. 그러나 파레츠키의 글쓰기도, V. I.의 수사도 처음부터 혼자서 해내기엔 버거운 작업이다.

"차 있는 곳까지 바래다주마. 누가 등 뒤에서 총을 쏘면 내가 재빨리 지혈해 줄게. 피를 너무 많이 흘리기 전에 말이야."

나는 웃음을 터뜨렸다.

"로티, 좋은 생각이에요. 모든 수단을 동원해서 제 뒤를 엄호해 주세요."사라 파레츠키, 황은희 옮김, 『제한보상』(검은숲, 2013), 370쪽.

　작가도 주인공도 나대다가 얻어터지는 건 기정사실이니 이들에겐 뒤를 엄호해 줄 동료가 필요하다. 말 그대로 총상을 지혈해 주는 의사 로티든, 여성 작가의 집필 활동을 지원하는 '시스터스 인 크라임Sisters In Crime'이든, 곁에서 이야기를 들어 주고 용기를 북돋아 주는 벗이든. 파레츠키와 V. I.는 동료의 지지를 맷집의 원천으로 삼아 "능력이 닿는 한 가장 진실에 가까운 길로 더듬더듬 나아가려" 애쓴다. 그리고 "자기가 절대로 틀리지 않는다고, 자기 견해가 유일한 답이라고 주장하는 법이 없다. 다만 그래야만 한다면 홀로 걸어갈 것이다."

　이렇게 하는 것보다 더 좋은 방법이 분명 있을 것이다. 하지만 이것 말고는 더는 떠오르지 않았다. 나는 지금 내가 선택한 방법으로 실마리를 찾아내야 한다. ……나는 다시 힘을 내고 어깨를 쭉 폈다.사라 파레츠키, 황은희 옮김, 『제한보상』(검은숲, 2013), 252쪽.

자신의 생각이 옳은지 그른지 끊임없이 고민하는 가운데 '지금 내가' 할 수 있는 방법으로 어떻게든 길을 모색해 나가는 태도야말로 작가가 지금껏 꿋꿋이 V. I. 워쇼스키의 목소리를 지켜 올 수 있었던 동력이 아닐까 싶다.

이 에세이와는 시공간적으로 꽤나 거리가 떨어진 지금, 2021년 코로나 시대의 우리를 잠시 생각해 본다. 사회적 거리두기와 언택트가 새로운 덕목으로 자리 잡은 지금 우리는 모두 마스크를 쓰고 다른 사람을 피해 조심조심 걷는다. 표정을 읽을 수 없이 눈만 깜빡이는 거리로 출처 모를 괴담이 나돌고 어느새 사방으로 요란하게 번진다. 마스크로 입을 단단히 가렸을지언정 지금처럼 말이 넘쳐 나는 시대는 또 없었던 듯싶다. 서로 충실히 거리를 둔 채 각자 종일 들여다보는 스마트폰 속의 말, 말, 말. 아무나 아무에게나 아무 말이나 외쳐 대는 것만 같다. 그러나 "웹사이트 콘텐츠 창출자는 전체 이용자의 1퍼센트, 댓글 등을 달아 코멘트를 하는 이용자는 9퍼센트, 단순 이용자는 90퍼센트"라는 '90-9-1 법칙'은 현재 우리 사회에도 적용된다. 예컨대 2018년 네이버에서 댓글을 작성한 회원은 전체 회원의 0.8퍼센트에 불과했다강준만, 『권력은 사람의 뇌를 바꾼다』(인물과사상사, 2020), 230~231쪽. 나머지 절대 다수는 어째서 고요한가? 1퍼센트가 생산한 콘텐츠에 매우 만족하며 9퍼센트가 남긴 댓글에 대략 동의

하기 때문인가? 2020년 미국에서 흑인 남성 조지 플로이드가 사망한 뒤 인종 차별 항의 시위가 들불처럼 번졌다. 시위대는 방관자들을 향해 "침묵은 폭력이다"라고 외쳤다. 90퍼센트가 침묵하는 사이 양 극단의 표독한 악담만 기세 좋게 울려 퍼진다. 거기 동의하지 않는다면, 침묵하지도 말아야 한다. 그저 입 다물고 방관한다면 무엇도 바뀌지 않는다. 나의 작은 목소리로 대체 무슨 변화를 낳을 수 있겠느냐는 무력감이 앞선다면, "커다란 변화를 가져오는 가장 간단한 방법 중 하나도, 힘없는 사람들에게는 그들이 듣는 만큼 말하게 하고, 힘을 지닌 사람들에게는 그들이 말하는 만큼 듣게 하는 것"글로리아 스타이넘, 고정아 옮김, 『길 위의 인생』(학고재, 2017), 29쪽이라는 글로리아 스타이넘의 경험적 지혜를 한번 믿어 보면 어떨지.

사라 파레츠키는 기나긴 무력감에서 벗어나 첫 목소리를 내기까지, 그리고 V. I. 워쇼스키를 창조하기까지 아주 오랜 시간이 필요했다고 말한다. 지금 캄캄한 터널에 주저앉아 있다 해서 조급해할 것 없다. 다만 솔깃한 유튜브 채널이든 커뮤니티든, 카리스마 넘치는 인물의 SNS든, 남의 목소리에 기대어 추임새를 넣는 데 만족하지 말아야 한다. 그것은 너무도 편안한 나락, 혹은 죽음이다. 잠긴 목을 가다듬고, 나의 목소리로 말할 수 있어야 한다. 그보다 앞서 나의 목소리를 찾아야 한다. 녹록지 않은 일이지만.

사회적 약자의 편에 서서 사법 개혁을 이끌어 온 인권변호사 브라이언 스티븐슨은 차근차근 변화를 만들어내자고 말한다. 다음과 같이, 한 걸음 한 걸음.

가까운 곳에 힘이 있다. 끌리는 문제에 접근하라.
이야기를 변화시키라.
희망을 잃지 말고 지속하라.
불편한 것들을 행하는 데 주저하지 말라. 글로리아 스타이넘, 고정아 옮김, 『길 위의 인생』(학고재, 2017), 357쪽에서 재인용.

편집자 노트

2019년 4월 25일. 뉴욕에서 열린 에드거 앨런 포 시상식에서 사라 파레츠키는 『쉘 게임』으로 수 그래프턴 기념상을 받았다. 이 수상소식은 '미국 미스터리 작가 협회가 사라 파레츠키를 예우하다'라는 제목으로 《하이드 파크 헤럴드》에 보도되었다. 수 그래프턴과 사라 파레츠키는 같은 해에 나란히 첫 책을 출판했다. 당시 두 사람은 서로를 알지 못했지만 전례가 없는 강한 여성 탐정을 각자의 작품에 등장시켰다. 때문에 그래프턴의 뜻을 기리기 위해 만든 상의 첫 번째 수상자로 파레츠키가 선정된 것은 여러 모로 뜻 깊은 일이라 하겠다.

파레츠키는 어려서부터 글 쓰는 것을 좋아했지만 소녀들의 평등에 관심이 없었던 부모님과 시대상황으로 인해 작가가 되겠다는 생각을 한 적은 없었다고 한다. 열아홉 살 때부터 시작한 민권 운동을 계속하려고 시카고로 이주한 이후 본격적으로 글을 써야겠다고 결심했던 모양이다. 처음 떠올린 것은 범죄 소설이었다. 하지만 남성 작가들이 만들어 낸 고정관념과는 다른 여성상을 만들어야겠다고 마음먹었다.

"범죄 소설에서는 여성들이 착한 소년들에게 범죄를 사주하려고 자기 몸을 이용했어요. 아니면 피해자였죠. 사악하지 않은 여성은 누군가의 가르침이 없으면 신발 끈조차 묶을 수 없는 캐릭터로 등장하더군요. 이 모든 요소를 사용한 최초의 책은 대실 해밋의 『몰타의 매』였습니다. 성적인 매력을 이용해 남자들에게 명령을 내리고 범죄를 저지르게 했던 브리지드 오쇼네지는 범죄 소설에서 모든 여성 캐릭터의 모델처럼 되었지요."

파레츠키가 이야기를 구상한 시점부터 첫 번째 소설을 쓸 때까지는 8년이 넘는 시간이 걸렸다. 그 기간 동안 보험 마케팅 매니저로 일하며 생활비를 벌었다. 천사나 괴물이 아니라 인간인 여자, 작가 자신이 거쳐 왔던 시절에는 할 수 없었던 일을 해내야만 했던 캐릭터, 세상과 단절되었다고 느끼던 여성들에게 말을 걸어 주는 사립탐정 V. I. 워쇼스키가 태어난 것은 1982년이었다. 레이먼드 챈들러의 여성 묘사에 화가 나 문학과 사회에서 여성을 바라보는 지배적인 관점을 뒤엎어 버릴 소설을 쓰겠다고 맹세했던 바로 그 말처럼 파레츠키는 정말로 해낸 것이다. 그로부터 5년 후에는 미스터리와 범죄 소설을 쓰(려)는 여성들을 돕는 조직인 '시스터스 인 크라임'을 설립했는데, 파레츠키가 공동 설립자이자 초대 회장이기도 했던 이 조직에 대해서라면 궁금해 할 형제자매님들이 꽤 있을 듯하다. 실은 나도 전부터 한번 조사해 봐야지 생각만 하다가 이번에 간략히 정리해 보았다. 궁금하신 분들은 다음 페이지로.

시스터스 인 크라임

1986년, 볼티모어의 바우처콘 세계 미스터리 컨벤션에서 만난 26명의 여성 미스터리 작가들은 출판 과정에서 직면하는 장애물에 좌절하지 않고 남성 작가들과 동등한 대우를 받는 길을 모색했다. 이후 1987년 5월 뉴욕에서 열린 에드거 상 주간 동안 이들은 시스터스 인 크라임(SinC) 조직을 공식적으로 설립하기에 이른다. 이 단체는 운영위원회를 구성하고 1987년 바우처콘에서 제1회 회원 회의를 개최하여 지금까지 이어지는 전통을 세웠다. 시스터스 인 크라임의 성장은 다음의 세 단계로 이루어졌다.

자매연대의 형성: 결성 및 조직(1986년~1993년)
성장 단계: 비전 유지 및 목표 달성을 위한 노력(1990년
    ~2000년 초)
포용의 새로운 비전(2009년~2021년 현재)

1987년 미니애폴리스 바우처콘에서 개최된 운영위원회에서 선출된 초대 회장은 사라 파레츠키였다. 회원 자격은 등단 작가에 한정하지 않았다. 출판을 하지 못한 작가도 환영받았으며 도서관 사서, 서점인, 독자들도 조직 구축에 적극적인 역할을 했다. 그러나 곧 반발에 맞닥뜨렸다. 어떤 남성들, 심지어는 일부 여성들도, 여성의 기회 확대에 초점을 맞춘 조직이 필요하지 않다고 생각했다. '검열'이나 '반-남성' 같은 말도 나왔다. 피카드가 회상하듯이, 여성 미스터리 소설 작가들이 처한 환경은 "엄청난 열정과 희망, 그리고 성차별적인 비판과 경멸과 함께 뒤섞여 있었다".

> "우리는 문학계, 미스터리계의 많은 여성들로부터 세계가 균형을 잃은 부분에 대해 이제 막 듣기 시작했다. 많은 여성 작가들이 도서관과 서점에서 무시당하고 있었다. 위대한 민권 및 여성 인권 변호사 플로 케네디는 '고통스러워하지 말라, 대신 조직하라Don't agonize, organize'고 말했다. 우리가 조직하지 않으면, 입을 다물고 있어야 한다.
>
> ─ 사라 파레츠키

하지만 시간이 지날수록 더 많은 여성 작가들이 미스터리 소설을 쓰고 출판했으며 그에 따라 시스터스 인 크라임도 발전했다. 첫 지부는 1988년 로스엔젤레스에서 필리스 짐블러 밀러Phyllis Zembler Miller를 지부장으로 하여 만들어졌다. 1992년까지 시스터스 인 크라임 지부는 15곳, 2017년 가을에는 52곳을 기록했다.

시스터스 인 크라임은 1997년에 미국 작가 연합Authors' Coalition of America, AC에 가입했다. AC는 회원 작품의 국제적인 저작권 보급을 위한 (주로 유럽에서 지불된) 자금 분배를 관리한다. AC에서는 AC 규정에 따라, 시스터스 인 크라임의 정관과 사명을 출판한 작가authors에 초점을 맞춰 변경하라고 요구했다. 그 무렵 시스터스 인 크라임 회원 중 상당수는 작가writers였다. 지원금은 예상보다 훨씬 많은 액수였고, 작가들을 겨냥한 프로그램을 확대할 수 있었다.

이후로 '시스터스 인 크라임'의 창립자들은 회원 비회원을 가리지 않고 여러 방면의 도움을 받아, 작가건 독자건 상관없이 모든 회원의 요구를 중시하는 조직을 만들었다. 다양성을 위해 싸우는 조직, 내면을 들여다보고, 원하는 것을 찾고, 변화의 길을 모색하는 것을 두려워하지 않는 조직. 작가들에게 더 많은 자리를-비유적으로나 실제적으로나-찾아 주고, 지지하고, 포용하는 조직을 만든 것이다. 미국 미스터리 작가 협회Mystery Writers of America는 미스터리 분야의 창작 외 영역에서 탁월한 성과를 이룬 단체나 인물에게 수여하는 레이븐 상을 2016년 4월 에드거 상 시상식에서 시스터스 인 크라임에게 시상하였다.

우리가 계속 억눌러야 하는 생각은. 남성은 보편적인 인류의 이야기를 쓰고 여성, 유색인, 퀴어 작가들은 특수한 캐릭터의 특수한 이야기를 쓴다는 사고방식이다. 모든 책은 특정적이며 동시에 모든 책은 보편적이다.
— 카트리오나 맥퍼슨Catriona McPherson

(편집자 주_여기 소개한 시스터스 인 크라임의 역사는 2017년 출판정상회의 보고서 〈30년 동안 높여 온 여성의 목소리Raising Women's Voices for Thirty Years〉에서 발췌한 것이다.)

침묵의
시대에
글을
쓴다는 것

침묵의 시대에 글을 쓴다는 것
초판 1쇄 발행 2021년 4월 16일

지은이   사라 파레츠키
옮긴이   김원희

발행편집인   김홍민 · 최내현
편집   조미희
표지디자인   형태와내용사이
용지   한승
출력   블루엔
인쇄   청아문화사
제본   대신문화사

펴낸곳   도서출판 북스피어
출판등록   2005년 6월 18일 제105-90-91700호
주소   (121-826) 서울특별시 마포구 방울내로 11길 43 101-902
전화   02) 518-0427
팩스   02) 701-0428
홈페이지   www.booksfear.com
전자우편   editor@booksfear.com

ISBN 979-11-91253-30-6 (03840)